오늘 가장 빛나는
너에게
주고 싶은 말

●

Words That Shine a Light

웃으며, 털어버리며, 어깨를 토닥이며

다음을 향하는 그대에게 드립니다.

오늘 가장 빛나는
너에게
주고 싶은 말

Words That Shine a Light

장은연 지음

북클로스

2019년 12월 31일, 나는 월든을 읽고 있었다.

"나는 어디서 살았으며, 무엇을 위하여 살았는가."

태풍처럼 달려드는 문장에 꼼짝없이 독백을 시작했다. 어떠한 단계를 평범히 지나왔으나 구석기 시대의 주먹도끼, 거기서 덜커덕, 내릴 곳 없는 여행자가 되어버린 느낌이었노라고.

인생에서 필사적으로 무엇인가를 해야 할 때는 여러 번 오는 것이 아니라는 느닷없는 생각이 영화 자막처럼 지나갔다.

궁하면 변한다고 했던가. 필사적인 한 번을 겪어내자는 마음으로 선택한 무언가는 연필이었다. 하루하루 책을 읽고 글쓰기에 집중했다. 이때 내게 힘을 준 세 문장이 있었다. 시인 이상이 동생 옥희에게 보낸 한 줄 편지글 그리고 괴테와 니체의 문장이다.

이해 없는 세상에서 나만은 언제나 네 편임을 잊지 마라. _이상

꿈을 품고 뭔가 할 수 있다면 그것을 시작하라. _괴테

그대 자신을 내던져라. 밖으로, 뒤로. _니체

새로운 출발을 위해 글쓰기 여행을 떠났다. 지난날을 정리하고 싶었고 주변 사물과 타인의 목소리에 귀를 건네고 싶었다. '믿음'과 '시작'에 발을 붙이고 느리고 작은 것들의 이야기를 적어 나갔다. 쌓여 있던 것은 비워졌고, 문장은 만나고 떠나기를 반복하며 들락거렸다. 문장 한 줄은 내게 무수한 경계였다. 문장과 함께 끊임없이 경계를 뛰어다녔다.

말이 그립거나 문장이 막힐 때는 시를 읽고 그림카드를 뽑아 이야기를 만들었다. 카드마다 사연이 가득하다.

세 갈래의 길 앞 배낭을 멘 뒷모습의 소녀

태양 아래 낙타로 사막을 건너는 이베리아인

초록 방석에 앉아 있는 도도한 고양이

끝없이 그물을 짜고 있는 거미

기역 자로 허리 굽은 노파의 웃는 얼굴

어떤 카드가 끌리시는지? 선택한 카드 패는 물릴 수가 없다. 어떤 생을 만나더라도 가야 한다. 어쩌면 삶은 수많은 이야기를 만나는 광장인지도 모르겠다. 오십 개의 이야기를 떠나 보낸다. 언젠가는 한 걸음 나아지리라는 소소한 예감을 던지며 오십의 모퉁이를 돌아나왔다.

2024년, 다시 사랑을 위하여

지천명에 시작된 나만의 '쓰는 기분'을 사랑한다. 쓰고 싶은 기분은 무릇 할 이야기가 있다는 작은 고백이다. 마음속 깊이 몽글몽글 추억이 생각난다는 말이며, 고요한 시간 앞에 앉겠다는 다짐이고, 텅 빈 노트가 곁에 있다는 뜻이며, 펜과 함께 시간 여행을 떠나는 설렘이다.

"요긴한 것은 오직 하나"라는 루카 말씀을 기억한다. 삶을 요약하고 요약해서 압축된 하나를 가진다면, 오직 하나 그것을 향해서만 갈 수 있다면, 그 하나가 온전한 기쁨이라면, 오직 그 하나를 지극히 사랑한다면 생의 길에서 흔들림이 적을 것이다.

사 년을 돌아보니 오직 하나, 나는 '쓰는 기분'으로 살아온 듯하다. 그동안 시집과 산문집, 두 권의 우주가 더 탄생했다. '첫' 책 출판의 벅찬 기억이 아직 생생한데 '사랑'이라는 날개를 달고 개정판을 내게 되다니 다시 용기를 얻는다. 나의 문장을 새롭게 발견해주신 북클로스 곽유찬 대표님께 감사드린다. 계속 써도 좋다는 네잎클로버를 받은 느낌이다.

내게 요긴한 것은 오직 하나, 글쓰기. 나는 쓰고 또 쓰고……나빌레라. 나의 문장이 오늘 가장 빛나는 그대에게 사랑으로 닿길, 용기의 책갈피가 되길 꿈꾼다.

카스텐 창가에서
아름다운 사람을 꿈꾸며, 娟

1부

오늘 가장 빛나는 너에게

저수지에 빠졌던 검은 염소를 업고 노파가 방죽을 걸어가고 있다.

등이 흠뻑 젖어 들고 있다.

가끔 고개를 돌려 염소와 눈을 맞추며 자장가까지 흥얼거렸다.

누군가를 업어준다는 것은 희고 눈부신 그의 숨결을 듣는다는 것.

그의 감춰진 울음이 몸에 스며든다는 것.

서로를 찌르지 않고 받아준다는 것.

쿵쿵거리는 그의 심장에 등줄기가 청진기처럼 닿는다는 것.

_박서영, 『업어준다는 것』에서

_____ 몸의 말

길을 가다 말고 내 앞에 쭈그리고 앉는다. 등을 툭툭 치며. 두 손으로 목을 감고 두 다리는 엄마의 허리쯤에서 대롱거린다. 엉덩이를 받쳐주는 두 손. 서럽던 아이는 울음을 그친다.

어린 시절 엄마 등에 업혀 잠든 기억은 누구나 있을 것이다. 일명 어부바. 어부바는 내가 익힌 최초의 위로였다. 엄마 등에 왼쪽 뺨을 대고 노래를 불렀다. '아카시아꽃 하얗게 핀 그 옛날의 과수원 길.' 알고 있었을까. 아카시아 꽃말이 비밀스러운 사랑이라는 것을.

병상에 계신 할아버지를 업었던 적이 있다. 작은 키로 엄두가 안 나는 체격이셨다. 길이도 무게도 내가 불리했다. 다섯 걸음을 겨우 옮겼다. 굵은 산맥 하나를 잠시 짊어진 듯했다. 착각이었다 해도 진심은 '힘내세요, 기대서도 괜찮아요. 곁에 있을게요.' 그런 말이 아니었을까. 크고 강한 사람도 작고 약한 아이만큼 몸의 말이 필요할 때가 있다.

타인과의 공식적 몸의 말은 악수인가 싶다. 수백 년 전 잉글랜드에서 손에 무기가 없다는 것을 증명하기 위해 악수했다 한다. 누군가의 손을 잡고 가볍게 흔드는 악수는 여러 의미를 지닌다. 평범한 인사일 수도, 믿음과 존경의 표시일 수도 있다. 같은 동작도 말의 뉘앙스처럼 강약이 있고 파장이 다르다. 손을 세게 잡는 것은 확신을 보여주는 것이요, 손을 빼거나 살짝 쥐는 것은 악수를 피하는 것이다.

이처럼 몸의 말은 거짓이 없다. 접촉을 전제로 하기에 그렇다. 느낌이 금방 온다. 관계의 친밀도를 알 수 있다. 몸의 거리, 그것으로 짐짓 느낌이 측정된다. 갑작스러운 소나기로 지인과 우산을 같이 쓴 적이 있었다. 손잡이에 포개어진 그의 손에 놀라 도망가듯 빠져나갔던 내 손. 순간 무안해하던 상대만큼 나도 놀랐다. 손이 보낸 거절의 신호, 속도에 실린 솔직함을 어떤 말이 대신할 수 있으랴. 말없이 버스 정류장까지 걸었다.

가까운 사이일수록 말은 보조 수단으로 밀려난다. 온몸을 동원한다. 말로 다 할 수 없는 느낌이나 언어로 설명이 어려운 순간엔 더더욱. 몸의 말은 감탄사의 세계다. 가끔 남편과 등을 맞

대고 앉는다. 탄탄한 두 등의 말이 전해진다. '오늘도 수고했음을, 한 걸음 나아갔음을, 우리가 함께임을' 서로의 일부를 건네는 것은 따뜻함이다. 무언의 공감이다.

　마음을 감싸 줄 한마디의 말이 찾아지지 않을 때가 있다. 그럼 몸을 빌리면 된다. 그저 그 공간에 같이 머물러 주기를, 슬며시 손잡아 주기를, 어깨 붙여보기를, 안아 주기를. 시인은 "한없이 가벼워진 노파가 젖어 더욱 무거워진 몸을 업어주고 있다. 울음이 불룩한 무덤에 스며드는 것 같다"며 시를 맺었다. 축축하고 더운 울음이 등을 타고 흐르는 듯하다. 방죽을 터벅터벅 걸어오는 노파와 염소를 내가 다시 업는다. 열 걸음 만에 불룩한 무게는 깨졌다. 땅에 앉은 노파와 염소와 나. 웃고 있지 않을까.

　우리 곁으로 다양한 언어가 스쳐 지나간다. 동쪽으로 부는 바람도 꼬리를 흔드는 강아지도 기도하는 두 손도 무언의 말을 전한다. 같이 흔들려 보는 것, 강아지의 눈빛을 바라보는 것, 무언의 동작을 읽어내는 것은 계산하는 머리가 아니다. 아카시아 꽃말처럼 사랑은 숨 쉬는 몸의 촉수이다.

우리의 상상력을 거스르지 않을 소박하고 깨끗한 음식을 마련하는 것은 쉬운 일이 아니다. 그러나 우리가 육체에 먹을 것을 줄 때 상상력에도 먹을 것을 주어야 한다는 것이 나의 생각이다. 이 둘은 같은 식탁에 앉아야 한다. 그것은 불가능한 일이 아니다. 과일을 적당하게 먹을 때 우리는 식욕을 부끄럽게 여길 필요가 없으며 우리가 추구하는 고매한 작업이 방해받는 일도 없을 것이다. 그러나 음식에 과다한 양념을 치면 그것이 바로 독이 된다.

진수성찬을 먹으면서 지내는 것은 바람직한 일이 아니다. 대부분의 사람들은 남이 자기에게 해주는 그 똑같은 음식을, 그것이 육식이든 채식이든 스스로 마련하는 모습을 주위 사람에게 보이게 되면 수치심을 느낄 것이다. 그러나 이러한 상황이 바뀌기 전까지는 우리는 문명인이라 할 수 없으며, 신사 숙녀일지는 몰라도 진정한 남자와 여자라고 할 수는 없다. 이것은 확실히 어떤 변화가 이루어져야 할 것인지를 알려주고 있다.

_헨리 데이빗 소로우, 『월든』에서

밥의 무게

하루 세 끼 살아 온 날들과 엇비슷하게 무언가를 먹었다. 때론 혼자, 때론 친구들과 식구들과 두런두런 둘러앉아. 때론 게으름을 과장한 시간 없음은 텅 빈 위장으로 돌아오기도 했다. 밥은 날씨처럼 모든 날 모든 장소에 함께한다. 즐거움과 슬픔, 분노와 아픔을 고스란히 기억한 채. 한 번쯤 생각한다. 이 차림이 어디서 왔는가를 그리고 어디로 갈 것인가를. 먹는다는 것의 이면에 깔린 생명과 수고로움에 대해. 도마에 올려진 생명들, 그 생명들을 키우기 위한 노동, 요리하는 수고를 떠올려본다. 살아있음의 빚이다.

식재료의 선택과 요리 방법은 상대적이다. 개인의 선택이다. 특정 집단의 문화적 실천방식이며 한 사회의 모습이기도 하다. 식습관처럼 질긴 것이 있을까. 길들여진 입은 쉽게 바뀌지 않는다. 그래서였을까. 며칠 전 비건 식당 주방 앞에서 마주친 그림 하나가 딴지를 걸었다. 돼지와 소가 어깨동무를 하고 나무 벤치에 앉아 있었다. 그 아래로 흘렀던 외침.

"음식이 아닙니다. 가족입니다."

순간 당황스러웠다. 어제 먹었던 가족(불고기)이 나를 보고 있는 것 같았다. 작은 밥집을 혼자 운영하시는 주인장의 민낯은 시내같이 맑았다. "당신이 먹은 것이 바로 당신이다."의 좋은 표본처럼. 정갈하고 가벼운 점심이었다. "비건이세요?" "아직은 아닙니다만 궁리 중입니다." 대화를 주고받으며 변화를 생각했다. 좀 더 자연에 가까운 식사. 일주일에 한 번쯤은 의식적으로 덜 야만적인 식사를 해보는 것으로. 무엇을 먹든 우리는 생명과 수고로움을 먹는 것이다. 그 사이를 메우고 있는 무수한 착취와 노동을 먹는 것이다. 소환되는 기억들 사이로 먹는 행위가 다른 이름들로 치환됐다.

만원이었다. 주말 저녁 삼겹살집은 왁자했다. 대기표를 받아 삼십여 분이 지난 뒤 들어갔다. 테이블마다 연기가 올랐고 접시가 쌓여갔다. 술병이 비워지고 샐러드바를 여러 번 들락거렸다. 차돌박이와 목살, 오겹살, 대패삼겹살, 껍데기 등이 숯불에 익어가고 스무 가지도 넘는 야채는 생으로 구이로 변신했다. 당연한 듯 차려진 후식은 오렌지와 커피였고 밖으로 나간 아저씨들은 담배 연기를 내뿜었다. 배가 산처럼 크고 목구멍은 바늘처럼 좁아 늘 배고픔의 고통을 당한다는 아귀처럼. 생의 마지막 식사라도 되는 것처럼 넘치도록 먹었다. 식탐은 사치와 가깝다.

방글라데시 다카, 시장에서 남은 음식 찌꺼기가 거래된다. 부패 정도에 따라 가격이 다르다. 주변 검은 도랑, 닭과 쥐의 사체들, 바퀴벌레와 개똥으로 지저분하다. 거기 최소한의 음식을 얻기에도 급급한 사람들이 있다. 말라붙은 위장은 더럽고 상한 것을 마다할 여유가 없다. 음식 재활용이라고 하기에는 위생적으로도 인간적으로도 꺼림칙하다. 이들이 먹는 것을 음식이라 부를 수 있을까? 배고픔은 죽음과 가깝다.

스님들의 식사를 발우공양이라고 한다. 밥그릇, 국그릇, 물그릇, 찬그릇 네 가지다. 순서대로 크기가 작아진다. 작은 그릇이 큰 그릇에 들어간다. 모두 포개어져 한 벌, 이것이 스님들의 그릇, 발우다. 식사가 끝나면 물로 헹구어 남은 음식을 모두 먹고 그 물로 그릇까지 헹구어 정리한다. 공양은 식사에 대한 공경과 고마움이 있다. 향을 피우고 등을 밝히는 것처럼. 같은 그릇에 남김없이, 발우공양은 수행과 가깝다.

살아있다면 밥의 무게를 감당해야 한다. 건강한 식사가 무겁고 배부른 한 끼를 말하는 것이 아님은 분명할 터, 무엇을 어떻게 먹을 것인가는 나와의 중대한 타협이며 가족 간의 합의다. 당연한 것은 없다. 우리가 고집하는 밥의 무게를 재어보고 이름을 지어볼 일이다. 생각의 몇 톨이 곁들어진다면 다른 길이 보이지 않을는지. 즐거우면서도 감사하는 식사, 나의 밥은 가볍고 따스한 봄바람과 닮았으면 싶다.

벚꽃이 하늘을 덮을 때면
기쁨, 그 맛을 알게된다.
자연은 스스로 그러할 뿐
우리의 기다림과 기대에
의지하지 않는다. 묵묵하게
생의 의무를 끊임없이 풀어낼 뿐이다.
살아가면서 두가지 사실을 믿게
되었다. 모든 것은 변한다는 사실과
삶은 즐거울때 빛을 뿜는다는 것.
고목처럼 더 큰 완전성으로 기뻐지기를.
『에티카』에서의 기쁨을 나누고 받은 오후다.
"기쁨은 정신이 작은 완전성에서
  더 큰 완전성으로 이행하는 것이다."

이 모든 것이 오로지 아무런 기술적인 장비도 지니지 못한 한 인간의

손과 영혼에서 나온 것임을 기억할 때마다 나는 인간이란 파괴가 아닌

다른 분야에서는 하느님처럼 유능할 수 있다는 것을 깨닫곤 한다.

_장 지오노, 『나무를 심은 사람』에서

사람 몸에서 영혼이 투영되어 남아 있는 곳이 있다면 눈일 것이다.

삶의 기쁨은 당신의 옆모습처럼 진지하고 엄숙하다. 당신을 만나고 돌아오면 늘 눈빛이 남는다. 기억에 새겨지는 눈빛, 그것은 아마도 유난히 튀어나온 이마와 손가락 한 마디쯤 푹 들어간 눈의 위치 때문인지도 모른다. 그 대범한 눈의 깊이에서 당신 삶의 현장이 보였다. 여름 바다색의 셔츠. 그 진한 블루가 오늘 당신의 농도였고 멈춘 듯한 눈매는 확고한 의지와 소소한 웃음을 담고 있었다.

요즘은 한 장의 사진이 인스타그램에 업로드되어 많은 것을 보여주는 시대가 되어가고 있지만 오래전 한때 이런 식의 기록을 노트에 남기곤 했다.

요즘 세대들은 바쁘다. 삶의 껍딱지 핸드폰이 쉴새 없이 울린다. 포노 사피엔스가 되어가고 있는 그들은 능력자다. 인스타그램 속 사람들은 시간과 공간을 초월한다. 해시태그를 달고 검색어를 치면 수 초 만에 몇만 건의 사진과 이야기가 다운된다. 신세계다.

그들은 서로의 얼굴을 응시하는 대신 핸드폰 속 세상으로 소통한다. 가상현실에서 시간과 공간을 누비며 실시간 생방송을 하듯 전부를 보여준다. 순도 백 프로의 진정성이라고는 할 수 없을지도 모른다. 혼자 사회를 원하지만 모든 것을 알리고 흔적을 남기는 지금의 세대들은 SNS로 초연결되어 있다. 그 연대가 성긴지 촘촘한지는 알 수 없지만 혼자 사회를 가꾸는 사람들은 숨을 곳이 없다. 아니 숨으려 하지 않는다.

SNS에서 쏟아져 나오는 수만 건의 데이터는 사람들의 욕망을 그대로 보여준다. 구매 주기, 자주 검색하는 영화, 좋아하는 장소, 색깔, 어디서 무엇을 어떻게 했는지 끝도 없이 데이터가 기록된다.

"당신의 모든 것을 분석할 수 있습니다. 숨길 수 없어요. 취향 저격 아시죠? 빅데이터가 투명하고 신속하게 알려드립니다."

이렇게 말하고 있는 듯하다. 이런 분석으로 단골고객을 확보하고 신상품을 개발한다. 각 개인에게 맞춤 서비스를 제공한다. 자주 쓰는 단어, 검색어를 통해 미래 관심사와 추세도 예측한다.

데이터를 취합하는 거대 컴퓨터 프로그램이 미래를 내다보는 눈이 되어가고 있다. 이 눈은 숫자와 사진, 외부 자료가 방대하니 객관적이고 명료하다. 그러나 여기엔 영혼이 없으니 근심과 배려, 눈물이 있을 리 없다. 윤리와 도덕을 말할 수 없는 것이다. 첨단 기술을 개발하는 일도 이용하는 일도 사람이 한다. 기술 속에 매몰되어서는 안 된다. 기술 위에 올라타 영혼을 가진 사람의 눈을 더해야 한다. 그래야 온전해지지 않을까. 던져진 미래가 아니라 만들어 갈 미래는 분명 사람이 사람답게 남을 때 가능하리라.

그녀는 자아를 잃어버렸다. 자기 자신의 흔적을 잃어버렸고 결코 그 것을 찾을 수가 없었다. "브람스를 좋아하세요?" 그녀는 열린 창 앞에서 눈부신 햇살을 받으며 잠시 서 있었다. 그러자

"브람스를 좋아하세요?"라는 그 짧은 질문이 그녀에게는 갑자기 거대 한 망각덩어리를, 다시 말해 그녀가 잊고 있던 모든 것, 의도적으로 피하 고 있던 모든 질문을 환기시키는 것처럼 여겨졌다.

"브람스를 좋아하세요?" 자기 자신 이외의 것, 자기 생활 너머의 것을 좋아할 여유를 그녀는 여전히 갖고 있기는 할까? 물론 그녀는 스탕달을 좋아한다고 말하곤 했고, 실제로 자신이 그를 좋아한다고 여겼다.

_프랑수아즈 사강, 『브람스를 좋아하세요…』에서

스무고개

질문 있습니까?

강의실은 조용하다 금세 술렁거렸다. 연극이 끝났다는 듯 대강당을 메웠던 시민들이 빠져나가기 시작했다. 좋은 강의는 일방적 주입이 아니다. 학창 시절 반복되었던 주입식 교육 후속편을 인문학 강좌에 와서까지 경험한다. 진짜 강의는 질문 시간, 여기서 다시 시작되는 것이 아닐까. 알면서 서두르는 발걸음은 왜일까.

왜 질문하지 않는 걸까. 왜 질문하기 어려워하는 걸까. 강의 내용이 생소할 수도 소심한 성격 탓일 수도 있다. 그러나 문제는 의심하지 않고 들어서 때문이 아닐까. 무조건적으로 받아들이는 수동적 습관에 물들어서가 아닐는지. 강의 후 요구하는 것이 없으니 경청하지 않을 수도 있다. 결국 생각 없이 참석하고 생각 없이 돌아간다면 강연도 소비다.

물음은 당연한 것들을 후루루 삼키지 않게 만든다. 스무고개는 상대방이 생각하고 있는 사물을 스무 번의 질문을 통해 알아맞히는 게임이다. '생물입니까'부터 출발해 질문이 추가될 때마다 뭉툭했던 돌덩어리는 조금씩 베일을 벗는다. 불필요한 것이 떨어져 나가고 슬슬 감이 잡힌다. 좋은 질문은 스무고개를 넘기도 전에 사물의 본질에 근접한다. 집요한 질문은 실마리를 찾는다. 모르는 것을 알아가는 방법은 스스로 호기심과 의문을 가질 때다. 새로운 것을 배울 때 '어떻게'와 '왜'는 무기다. 연장을 잘 쓰면 재미도 있고 쉬워진다. 물음표는 길을 터준다.

공영 쇼핑에서도 쌍방향 소통을 가져왔다. 모바일 라이브 커머스다. 쇼호스트의 일방적 상품 소개로 끝나지 않고 모바일 앱으로 실시간 소통이 가능하다. 시청자는 카카오톡이나 링크된 앱에 접속하여 문자를 보낸다. 가령 다른 색상 옷을 입어 봐 달라든지, 뒤집어 안감을 보여 달라든지 하는 식이다. 이렇게 요구 사항을 전달한다. 구매자는 사용 후기를 보내기도 한다. 이처럼 단순한 요구도 질문이 될 수 있다. 일방적으로 쏟아지는 상품에 관한 내용을 한 템포 내 몸에서 거르는 작업이다.

물을 문(問), 글자 그대로다. 문 한가운데 입이 있다. 우리가 마주하는 삶과 타인, 진리는 견고한 문이다. 이 문은 말이 연다. 말

중의 말은 가까이 다가가고픈 질문이다. 물음은 호기심과 관심, 의문과 비판으로 문을 두드리는 것이다. 의문이 없는 곳에는 문제도 없다. 문제의 인식도 질문이다. 나를 향한 질문, 사회를 향한 질문, 발견은 질문으로부터 생긴다. 캐물을 때 오롯한 생각이 탄생한다. 오류도 수정된다.

질문 있습니까?

오늘 당신은 어떤 질문을 던졌나요? 세상에서 가장 바보 같은 질문은 묻지 않고 남겨둔 질문입니다.

시인은 무엇으로 만인의 마음을 움직이는 걸까요?
시인은 무엇으로 모든 원초적 요소를 이겨내는 걸까요?
그건 바로 조화가 아닐까요, 가슴에서 솟아 나와
세상을 자신의 가슴속으로 다시 껴안는 조화의 힘이 아닐까요?
저 자연이 끝도 없이 긴 실타래를
무심히 물레에 감아 돌릴 때,
모든 존재의 조화롭지 못한 많은 것들이
뒤죽박죽 역겨운 소리를 내며 움직일 때,
그 누가 단조롭게 흘러가는 그 행렬에다
생기를 불어넣고, 리듬에 맞추어 약동케 하나요?
그 누가 개별적인 것을 보편의 성소로,
장엄한 조화만이 지배하는 그곳으로 불러내나요?
그 누가 폭풍우를 뜨거운 열정으로 승화시키나요?
그 누가 저녁놀을 의미심장하게 타오르게 하나요?
그 누가 아름다운 봄꽃을
사랑하는 이의 가는 길에 흩뿌리나요?
그 누가 이름 모를 푸른 잎을 엮어
온갖 공적을 기리는 영예의 화관으로 만드나요?
그 누가 올림포스산을 지키고, 그 누가 신들을 하나로
화합케 하나요?
그것은 바로, 시인을 통해 계시되는 인간의 힘이지요.

_괴테, 『파우스트』에서

너에게 이 말을 빌려주고 싶어

시(詩)를 먹으려던 참이다. 아침을 먹기엔 엊저녁 비빔밥으로 속이 더부룩하다. 당근, 고사리, 청포묵을 하나씩 집어 먹다가 소고기, 콩나물, 계란 고명을 한데 푹푹 비비고 나니 한 대접 그득해졌다. 풍요로운 한 끼였다. 혼자 있을 땐 밥이 그립지 않다. 말이 그립다. 그럴 때 시를 읽는다.

이메일 하나가 들어왔다. 'every man has a every taste' 영어 한 문장을 빌려주고 싶노라 했다. 뚱딴지 같은 취향 타령이라 생각했지만 시에 빚진 말을 생각했다.

시 한 편이 마음을 대변할 때가 있다. 어떠한 말로도 표현이 안 되던 사건을, 시대를 불러일으켜 가슴 깊숙이 다가오게 만든다. 땅을 볼 때 시인은 하늘을 보고 빛을 볼 때 시인은 그림자를 본다. 매 순간 모퉁이에 시선을 두고 다른 프레임을 제시한다. 시인의 언어는 섬세하고 깊다. 그 깊이에 빠져 헤어 나오지 못할 때도 있지만, 내게 다가와 빌려 가고 싶은 말, 그 단어 하나를 만나기 위해 시를 읽는다.

시의 감상은 독자 몫이다. 살아온 경험과 감성에 따라 달리 읽힐 것이다. 시험을 위해 분석되는 시는 감성도 느낌도 강요받는다. 정답을 외우는 해프닝, 그 억지스러움 때문에 시를 읽지 않게 됐다는 사람들도 종종 봤다. 스펙 쌓기라는 이유로 토익이 베스트셀러가 되는 것도 시집을 읽지 않는 사회를 만든다. 실용 서적을 위주로 볼 수밖에 없는 시스템에서 공감 능력을 가진 인재를 채용하는 것은 모순이다. 사회가 공감을 죽이는 게 아닌가. 이유가 어떻든 한 권의 시집에 인색한 건 사실이다. 커피를 든 손은 흔히 보이나 시집을 펼친 손은 드물다.

시 속에 삶이 있다. 우리가 지켜내고 싶은 근원적인 가치가 숨쉬고 있다. 한 편의 시는 환기다. 정체된 공기는 밀려나고 새로운 공기가 들어온다. 달리기만 하는 일상에 브레이크를 건다. 쓸모와 체면을 외치는 세상을 향해 당당히 쓸모없음으로 나딩구는 것이 진짜 쓸모임을 일깨워준다. 거리에 핀 꽃 한 송이, 아침의 새, 잊힌 거리, 바다 냄새, 겨울 새벽시장, 숭고한 기도, 슬픔의 춤, 먼 이국 땅의 소녀. 어디서 영혼을 말하겠는가.

라디오 프로그램 안에 시를 낭독하고 소개하는 코너가 있어 반갑다. 늦은 밤 식탁에 앉아 한 편의 시를 듣고 필사하며 하루를 반추해 본다. 삶 속에 시를 데리고 와 낭랑하게 읽어 본다. 외워본다. 유행처럼 번지는 시 읽는 아침, 시 읽는 저녁을 꿈꾼다. 아파트 관리사무소 스피커에서 주말이면 한 편의 시가 흘러나오면 좋겠다. 학교에서도 직장에서도 구성원 모두 돌아가며 시 릴레이를 해봤으면 싶다. 시 읽는 마을, 시가 들불이 되는 사회는 따뜻한 서정과 이해가 넘치리라. 좋은 것을 곁에 두면 닮아간다. 가장 오래된 인류의 노래, 시를 부르기를. 자주 시심을 배불리 먹기를.

감탄은 우주 비행사가 우주에서 지구를 볼 때 느끼는 느낌과 같다.
나는 이들 비행사들을 따라 이들이 느꼈던 것을 느꼈다. 감탄은 보존되어야 하거나 의무적이거나 혹은 당신이 설명할 필요가 없는 일종의 위대한 느낌이다. 감탄은 당신의 직관을 통해 당신 옆에 가장 가깝게 존재하는 만질 수 없는 성질, 바로 그것이다.

_루이스 칸, 『침묵과 빛』에서

공간을 느끼다

작은 백팩 하나, 캐리어 하나가 전부였다. 삶의 소지품들을 수 없이 접으면 작은 바랑에 다 들어갈는지 의문스러우니만큼 작가의 짐은 단출했다. 이 주일에 한 번씩 다른 도시에 가서 산다는 작가 오종. 작품 전시를 위해 뉴욕, 남미, 유럽을 유목민처럼 누빈다. 그의 작품도 그의 삶만큼이나 눈에 잘 띄지 않는다. 만들어진 작품을 옮겨 전시하는 것이 아니다. 전시되는 공간 그곳에서 즉흥 환상곡처럼 이루어진다. 가느다란 실과 철사, 나무 막대로 보일 듯 말 듯, 들릴 듯 말 듯 전시 제목처럼 〈모퉁이와의 대화〉를 시도한다.

가느다란 실의 후예는 어떠한 주목을 바라지 않는다. 공간을 점령하지도 않는다. 그저 그렇게 있었던 벽의 실금처럼 창틀에 걸려 있었던 또 다른 창으로 다가왔다 사라진다. 실은 수평과 수직을 만든다. 무심하게 다른 존재를 지탱해준다. 천장에 매달아주기도 하고 벽에 붙여 주기도 한다. 실은 도약이고 연결이다.

허공을 유영하는 큐브 상자 몇 개가 있다. 투명한 낚싯줄은 가까이 가서야 보인다. 낯설고 미니멀한 공간의 세계로 무심코 들어가는 사람도, 경계하여 망설이는 사람도 결국은 예민해지거나 둔감해진다. 선들의 자세를, 공간의 버림과 나눔을, 보일 듯 말 듯 한 존재를 데려오는 것이다. 거리의 멀고 가까움은 내 몸이 다가가고 나서야 깨닫는다. 하나의 선 앞에 한참을 머무른다. 선이 만드는 선(zen)의 세계로 들어간 듯 몽롱한 화이트 공간은 무한으로 사라지고 나는 고요가 된다. 무엇인가 깨닫고 잊었다.

일상의 공간에서는 고요를 관찰하지 않는다. 존재가 존재했던 흔적을 보지 않는다. 너무나 많은 사물에 둘러싸여 벽과 천정은 물러나 있다. 공간의 위로도 공간의 압박도 무심결에 지나치는 것이다. 물끄러미, 그리고 동그마니 다가오는 공간과 주변의 기운은 말할 수 없지만 이미 깃털처럼 가볍게 도착해 있는 것이다.

작가도 작품도 영상과 도록으로 만났다. 고요 속에 스치고 지나갔던 깨달음과 잊힘은 '감탄'이었다. 우주 비행사가 우주에서 지구를 볼 때 느낀다는 그 느낌.

몇 달 전 팔 년을 산 집에서 이사하였다. 이삿짐을 빼고 마지막으로 둘러본 본래의 공간은 텅 비어 넓었고 발코니 창으로 바다는 더 가까이 다가왔다. 우리가 떠날 침실, 서재, 거실, 부엌, 화단을 슬며시 둘러본다. 다시는 만나지 못 할 그리움의 공간에서 나는 투명한 선이 되었다.

그림이 걸려 있었던 못. 스위치가 고장 난 거실. 피아노 바퀴 자리에 둥글게 뭉쳐 있는 먼지. 거실 나무 바닥을 할퀴고 지나간 의자의 직선. 욕실 바닥에 그려진 녹슨 시간. 블루베리 화분이 만든 그늘 자국. 설명되지 않으나 깊이 남는 무엇. 떠다니는 존재들. 아름다운 시간. 내 삶의 작은 감탄을 보았다.

하루를 자연처럼 의도적으로 보내보자. 그리하여 호두 껍데기나 모기 날개 따위가 선로 위에 떨어진다고 해서 그때마다 탈선하는 일이 없도록 하자. 아침에는 일찍 일어나서 식사를 하든 거르든 차분하게 마음의 평온을 유지하자. 손님이 오든 또 가든, 종이 울리든, 아이들이 울든, 단호하게 하루를 보내도록 하자. 왜 우리가 무너져 내려 물결에 떠내려가야 하는가? 정오의 얕은 모래톱에 자리잡은 점심이라는 이름의 저 무서운 격류와 소용돌이 속에 휘말리지 않도록 하자. 이 위험을 이겨내면 당신은 안전한 데로 들어서게 된다. 나머지는 내려가는 길이기 때문이다.

_헨리 데이비드 소로, 『월든』에서

점찍기

영에서 출발한 점들을 순서대로 이었다. 십삼까지 신나게 따라가다 엄마를 부른다. 그 다음은, 그 다음은, 앉은뱅이책상에 올라앉은 나는 마음이 급하고 엄마는 느긋하게 간식거리를 담아 오신다. 내 손등에 엄마 손바닥이 포개지자 순식간에 선들이 시원스레 연결되었다. 오십까지 잇고 보니 뾰족하고 길쭉한 얼굴과 둥글넓적한 등이 생겨났다. 숫자 뒤에 숨어 있는 동물이 궁금해서 연필을 놓지 못했다.

다섯 살 나에게 삼백은 너무나 크고 먼 숫자였지만, 일어나면 스케치북만 한 책을 꺼내다가 숫자 잇기 놀이를 했었다는 엄마의 회상. 숫자가 커질수록 스프링 책에서 튀어나오는 동물은 생생했다. 크레파스로 옷을 입히고 나면 더욱 그랬다. 표정도 촉감도 길이도 동작들도. 그래서인지 동물원을 가보기도 전에 회색 몸을 가진 대왕 코끼리를 만났고 오색 구슬을 박은 공작새를 좋아했다. 돌고래 등에 올라타 바다를 누비는 상상도 꽤 했고 포효하는 사자의 갈기에 눌려 잠을 깨기도 여러 번이었다.

이 놀이가 새삼 생각난 건 점을 찍어 모양을 만들고 그림을 그려보면서였다. 단순한 도형에서 인물, 풍경화까지. 하나의 점은 선에 비하면 훨씬 미미하다. 숫자를 따라 조금씩 펼쳐지는 신기한 동물들의 외양과는 달리 점찍기 그림은 완성이 아주 더디다. 더군다나 애초에 특정한 것을 염두에 두고 하지 않을 땐 심각해진다. 하얀 도화지를 펴고 색연필을 꺼내 마음의 점찍기. 이 희한한 놀이는 서너 달이 지나면 추상화였던 것이 구상화가 된다. 비밀스러운 그림 코드가 완성되는 기쁨을 만난다.

일상의 반복되는 일들과 소용에 닿지 않을 것 같은 일들도, 의구심으로 매일 잘하고 있는지 묻게 되는 이 모든 자잘한 일들이 하나의 점이 아닐는지. 아무리 찍어대도 앞으로 갔는지 뒤로 갔는지 얼마만큼 갔는지 무슨 모양인지 색깔은 맞는지 도통 감이 안 온다. 찍으면 찍을수록 더욱 카오스가 되고 마는 현실. 그러나 찍다 보면 모양과 색감의 방향을 알게 된다. 공간을 메우려면 시간의 점들이 무수히 찍히어 까만 면이 될 때까지 기다려야 한다는 사실도.

숫자를 연결하는 놀이를 하지 않았더라면, 점찍기를 무수히 많이 하지 않았더라면 조바심을 내고 그만두었더라면 결코 만날 수 없었던 동물 친구들과 그림들. 하루하루 충실했던 시간이 보인다. 그간의 시간이 부풀어 올라 사방 벽에 그림이 걸렸다. 지금 내딛는 어설픈 한 걸음이 언젠가는 밤하늘의 총총한 코스모스가 될 것임을 믿는다.

"야아," 하고 쥐가 말했다.

"세상이 날마다 좁아지는구나. 처음만 해도 세상이 하도 넓어서 겁이
났었는데, 자꾸 달리다 보니 마침내 좌우로 멀리 벽이 보여 행복했었지.
그러나 이 긴 벽들이 어찌나 빨리 마주 달려오는지 어느새 나는 마지막
방에 와 있고, 저기 저 모퉁이엔 내가 달려 들어갈 덫이 놓여 있어."

"넌 오직 달리는 방향만 바꾸면 되는 거야." 하며 고양이가 쥐를 잡
아 먹었다.

_카프카, 『작은 우화』에서

담다(含)

숨이 제대로 안 쉬어질 때가 있었다. 들이마시고 내쉬는 숨이 얕아 까닥 까닥거렸을 때 어쩌면 그것이 신호였을지도 모른다. 숨이 멎었다. 지하철을 타고 집으로 돌아가는 길에 휘청거릴 듯한 현기증이 났다. 코트를 입고 가방을 멘 채 서서 그대로 쿵. 넘어진 나만 몰랐다. 나의 세상이 한순간에 무너졌음을. 꺼져버린 이십오 초. 환하던 세상이 종료 버튼을 누르고 까만 한줄이 되어 삼켜버린 심장. 지하철도 멎췄다. 놀란 사람들은 웅성거리며 모여들었다. 심폐소생술을 받았고 역무원이 주시는 물 한 모금을 마셨다. 이태 전 그렇게 심장을 돌려받았다.

그 이후로 삶은 조금씩 여유를 부리며 느려졌고 지금, 여기를 넘는 이후의 것에 대한 생각은 내려두었다. 자신을 다르게 머금는 것, 방향 전환을 생각했다. 그래서 슬며시 바다로 간 걸까? 집에서 걸어 이십 분 거리에 낙동강 하구와 바닷물이 만나는 다대포 해수욕장이 있다. 그저 고요히 숨을 쉬고 내쉬며 맨발로 모래사장을 걸었다. 한 모금의 물이 흐르고 한 모금의 숨이 폐를 뚫고 지나가는 시간이었다. 보이는 대로 보고 들리는 대로 들었다.

하늘빛이 변하듯 나도 조금씩 변했다. 작게, 점점 더 작고 낮게, 크게 점점 더 크고 씩씩하게. 필요치 않은 욕심은 작아졌고 삶에 대한 감사함과 내 그림자는 커졌다. 그림자엔 색깔이 없다. 바깥 형태만 길이로 나타난다. 무언의 명령을 받은 것처럼 무채색의 그림자로 담담해졌다. 바다를 거닐면서 잃어버렸던 호흡과 여유를 찾았다. 시시때때로 떠나고 싶어 땅을 밟고 서지 못했던 마음도 사라졌다. 매일 아침저녁 다대포 바닷가에서 행복하였다. 행복의 빛깔을 알고 싶다면 동이 트고 해가 질 때 바닷가에 서 있기만 하면 된다.

빈손으로 왔다가 빈손으로 가는 것이 인생이다. 물질적으로 보자면 그럴 것이다. 어머니의 바다에서 생명을 받아 나올 때도, 다시 레테의 강으로 돌아갈 때도 무엇 하나 움켜쥐고 떠나지 못한다. 한평생을 살면서 몸과 마음에 무엇을 새기고 담아 떠날 수 있을까. 물질은 가져가지 못하니 평생 지키고 아꼈던 정신을 담아 가는 것이 아닐까. 생각과 감정, 냄새와 기억은 몸 구석구석에 스미어 있을 것이다. 마음속 작은 섬 하나 둥둥. 그 섬엔 살아오면서 만난 인연이 내게 주신 마음이 쌓여 있을 것이다. 그 재료를 버무리고 삭혀 지금까지 살아온 듯하다. 나의 글과 그림이, 말과 표정이 어찌 온전히 내게서만 왔을까. 떠나는 날 연가에 담아 살아온 길에 살포시 내려놓고 갈 수 있으면 좋겠다. 눈에 보이는 것이 아니니 기억하는 몇몇 사람의 가슴속에 잠시 머물러 준다면 좋겠다.

자신을 온전히 안아야 삶의 징검다리를 쉬이 건너가리라. 자신과 지금의 시간을 있는 그대로 받아들일 것. 오늘도 고우니 노을 길을 걸으며 파도의 노래를 듣는다. 말러 교향곡 〈거인〉 3악장에 울려 퍼지는 더블베이스와 오보에의 애잔한 대화를 듣는다.

'난 그대를 내 속에 머금었습니다. 하지만 나 자신은 어디에 있는지 모릅니다. 어디에 있는지 모르는 자신이 누군가를 머금는다는 것이 이상하지요. 나는 어디에 있을까요. 내 속에 머금은 그대는 진정 내 속에 있을까요. 시간에 묻어두면 알게 됩니다. 겨울 높바람 지나고 연두 햇살이 그대를 일으키겠지요. 내 속에 잠자던 그대가 언젠가 세상에 인사하겠지요. 그러니 그대 나를 믿으시지요.'

아기 눈의 거울은 말갛게 개인 깊은 회색으로 버드를 비추어 냈지만 그것은 너무나도 미세하여 버드는 자신의 새 얼굴을 확인할 수 없었다. 집으로 돌아가면 먼저 거울을 보아야지, 하고 버드는 생각했다. 그러고 나서 버드는 본국 송환을 당한 델체프 씨가 표지에 '희망'이라는 낱말을 써주었던 발칸 반도의 조그만 나라의 사전에서 맨 먼저 '인내'라는 낱말을 찾아볼 작정이었다.

_오에 겐자브로, 『개인적인 체험』에서

원목 테이블에 뿔테 안경이 있다. 렌즈엔 시간의 자국이 속도
감 있게 찍혀 있었다. 가만히 렌즈를 닦을 시간조차 없었던 걸
까. 고의로 닦지 않은 걸까. 안경 주인을 상상하며 보드라운 천
을 꺼내 렌즈를 닦았다.

한 겹의 불투명 막이 벗겨진 것처럼 환하다. 렌즈를 뚫고 싱싱
한 연두 잎사귀가 들어온다. 창창한 여름을 완상하다 최루탄으
로 매캐했던 대학 1학년 운동장에서 태엽이 멈췄다. 새 학기가
끝나도록 수업 없이 영문도 모른 채 교문 앞에 쭈그리고 앉아 있
었다. 차마 데모의 대열에 끼지 못하는 학생들은 응원을 보냈다.
민주주의의 끝자락 대학 사회의 열기는 내세우는 기치마다 불
온하고 위험했다. 온기의 씨앗을 바랬던 새내기들은 두려웠고
무지했다.

세상의 시끄러운 혼돈 속에 빠지기 싫을 때, 오랜 번민과 타인의 고통 속에 빠져 허우적거릴 때, 거울 속 눈동자를 보며 말을 걸었다. 선명하지 못한 세상과 거리를 두고 싶었을까. 정면을 마주하지 못하는 작은 마음은 용기를 내지 못했다.

내가 보지 못하는 안경 밖의 세상. 동그란 안경의 작은 원주 안에 들어와 손바닥만한 하늘을 안고 앉은 사람들 속에 나 또한 우두커니 앉아 있었다. 돋보기 밖 있는 그대로의 세상, 확대되지 않은, 확대할 수 없는 진실한 세상을 그대로 볼 수 있어야 했다.

본다는 것은 과연 무엇일까. 보이는 대로 있는 그대로 보고 있는 걸까. 오히려 보고 싶은 대로, 익숙한 하늘 방향을 전체인 듯 착각하고 있는 것이 아닐까.

우리는 앞만 본다. 앞에 눈이 있으니 앞만 주시한다. 그 눈이 얕다면 겉만 본다. 안을 들여다보지 못한다. 때로 우리 눈은 위에서 본다. 낮은 자리에 있는 것은 보이지 않는다. 아래서 쳐다보기도 한다. 아래만 보기도 한다. 사실을 어떻게 바라보아야 굴절 없이 진실을 찾아낼 수 있을까. 눈에 보이는 것은 빙산의 모서리에 지나지 않을 테니까.

진실이란 생각보다 단순하지 않다. 진실을 안다는 것은 쉽지 않다. 쌍방 간의 이해관계가 얽혀있고 거기다 욕망에 눈이 멀었다면 진실을 기대하기는 어렵다. 같은 사건을 놓고서 서로 다른 해석을 할 수밖에 없는 이유다. 그것은 사람마다 다른 시각과 다른 관점을 견지하고 있어서일 것이다.

몸과 눈을 통해 세상을 접한다. 타인의 몸 안으로 들어갈 수 없으니 내 몸엔 내 경험만 쌓여 있으리라. 단순한 관점의 차이일 수 있으나 사건을 왜곡하거나 은폐시킬 가능성도 있다. 편견과 집착, 욕망이 사라진 눈이 필요하다. 여기다 마음의 눈까지 가진다면 더할 나위 없겠다.

"그건 훈련의 문제이지. 아침에 당신 화장이 끝나면 정성 들여 별의 화장을 해야 해. 작은 바오밥은 장미 나무와 똑같지만 조금만 더 크면 구별이 되니까, 그때 바로 모든 바오밥을 규칙적으로 뽑아 버려야 해. 무척 귀찮은 일이지만 대단한 일은 아니야." 그는 다시 말을 이었다. "일을 뒤로 미루었다고 해도 아무렇지도 않을 때가 때때로 있지. 그러나 바오밥을 그런 식으로 미루어 두면 틀림없이 재난이 올거야. 나는 게으름뱅이 하나가 살고 있던 별을 알고 있지. 그 사람은 바오밥 나무가 아직 어리다고 셋이나 내버려두었다가……."

_생텍쥐페리, 『어린왕자』에서

적절한 한 땀

연필깎이 손잡이가 도통 돌아가지 않았다. 하늘색 개구리, 급
체다. 아니 만성 소화불량이다. 오! 하고 입을 벌린 채 배가 볼록
하다. 길쭉하고 딱딱한 먹잇감을 계속 삼키게 했다. 뒤꼬리에 성
냥갑만한 서랍을 오래 비워주지 않았다. 오늘 아침 작정하고 달
려들었건만. 비닐 속에 개구리를 집어넣고 서랍을 뒤로 당기기 시
작했다. 2밀리미터쯤 나왔을까. 턱 하고 걸리더니 꼼짝달싹 안 한
다. 흘러나온 흑심가루에 손은 시커멓게 변해가고 두드리고 흔들
어 내용물 빼기를 여러 번. 그래도 고집불통이니 은근히 부아가
올라와 그만두고 작은 개구리를 쏘아본다. 다시 시작된 싸움. 팅
기듯이 서랍이 열리고 납작납작 목재들이 퍽 쏟아져 나온다. 배
를 비우고 나서도 손잡이 팔이 시원하게 돌아가지 않는다. 거꾸
로 뒤집어 속을 보니 나풀나풀해야 할 것들이 혈병처럼 엉겨 목

을 꽉 막고 있다. 나무젓가락으로 깊숙이 박힌 목재들을 뺐다. 적적량 열 배쯤, 불가능한 분량이었다. 오 초면 끝냈을 일을 한 시간을 넘겼다.

'제때의 바늘 한 땀이 아홉 땀의 수고를 던다'라는 속담이 생각나는 아침이다. 게으름과 미련의 합작은 어리석음이라는 결과를 던졌고 아침 시간을 홀라당 삼켰다. 비단 이것뿐이랴. 얼마나 많은 일을 제때에 하지 않아 낭패를 보는가. 쌓아 놓는 집안일이 그러하다. 빨래든 청소든 음식쓰레기든 모이면 힘이 들고 수고로움이 배가 된다. 화장실이 막히고 쓰레기는 넘치고 주소 변경을 하지 않아 우편물이 엉뚱한 곳으로 배달 가기도 한다. 비효율, 시간 낭비 에너지 낭비의 극치다. 내버려 둬도 되는 일이 있고 시간이 가면 구멍이 점점 커지는 일이 있다. 게으른 책임감이다. 주변을 제대로 관찰하지 않아 그러하다. 발등에 불이 떨어져 뜨거움에 데이고 나서야 옴마야, 소리친다.

공부도 독서도 한꺼번에 하는 것은 시간적·육체적 한계로 발목 잡히기 일쑤다. 약속 시간보다 십 분을 빨리 못 가는 것도 차를 놓치거나 다른 사정이 생기면 당황스럽다. 사람과의 관계도 마찬가지이다. 할 말을 너무 오래 참거나 제때 사과하지 못해 영영 때를 놓치거나 관계가 끊어지기도 한다.

사람은 시간과 공간을 벗어날 수 없다. 사람을 기다리지 않는 일도 있다. 안전을 담보한 임시방편은 말이 다르다. 종종 신축 건물이 무너지고 학교 운동장 땅이 꺼지기도 한다. 싱크홀 규명이 늦어진 사이 수원 시청역 사거리에 세 번째 지반 침하가 일어났다는 뉴스를 본다. 연약 지반 보강공사를 먼저 했더라면, 안전점검을 미리 했더라면 같은 사고를 피할 수 있었을 것이다. 당장 편안함을 꾀하다가 큰 사건에 봉착할 수도 있다. 제대로 책임지고 일 처리를 해야 한다. 주인의식이 필요하다. 얼마간의 행운으로 견딜지 모르나 오래지 않아 같은 일이 반복된다.

작은 구멍은 몇 땀의 감침질이면 막을 수 있다. 그러나 작은 구멍이 지속될 때의 상황은 아무도 예측할 수 없다. 큰 웅덩이에 움푹 빠지기 전에 미세하고 섬세해지기를. 제때의 한 땀으로 일도 사람도 시간도 위험도 건져 올릴 수 있어야 하리라.

에밀리아 : 밝혀질 거예요. 조용하라고요? 안 돼요. 난 공기처럼 자유

롭게 말을 할 거예요. 하늘과 인간과 악마들 모두가 나에게 창피를 주더

라도 말을 할 거예요.

이야고 : 나에게 아무 것도 물어보지 마시오. 당신이 아는 건 알고 있

을 테니까. 난 지금부터 한 마디도 안 할 거요.

_세익스피어, 『오델로』에서

진실의 입

　어디선가 많이 본 장면 같다. 어떤 청문회 자리, 묻는 사람은 자유롭고 대답하는 사람은 모르는 일이라 입을 다문다. 하늘과 인간과 악마에게 비밀을 털어놓고 싶지 않은 사람과 그것을 밝혀내려는 사람들 간의 공방전은 저급한 연극처럼 채널을 돌리게 만든다.

　오셀로는 사랑하는 데스데모나 말이 아니라 악당 이야고 말에 귀를 기울인다. 비극이다. 허구의 말은 긍정적 사랑을 의심하고 질투하는 사랑으로 끌고 간다. 죽음을 무릅쓰고 진실을 구하는 에밀리아의 입. 온갖 간계로 비극을 꾸미고 다무는 이야고의 입. 이 둘은 어떻게 이해받을 것인가.

　로마 산타 마리아 인 코스메딘 성당 안에 '진실의 입' 석판이 있다. 중세 시대에는 여기에 "거짓말을 한 자는 조각의 입에 손을 넣어 잘려도 좋다'라고 서약을 했다 한다. 고뇌에 찬 대양의 신 오케아노스, 노신의 바다는 바닥을 드러내고 말았다. 진실의 파도가 얼굴을 치고 있을 뿐. 두둑하고 울퉁불퉁한 이마, 유난히 완고한 입, 오른쪽 눈은 동그랗고 왼쪽 눈은 찢기어 뾰족하다. 진실은 놀랍고 애처로운 것일까. 눈구멍, 콧구멍, 입구멍이 뚫려있다. 진실을 말하는 입, 정의로운 눈이 있어야 인간은 제대로 숨을 쉬는 것이 아닐는지. 입에다 손을 넣는 것은 좋으나 거짓말쟁이는 다시 손을 뺄 수 없었다는데. 여행자는 너도나도 손을 넣어 보고 기념사진을 찍을 것이다. 신화처럼 거짓말쟁이의 손을 깨물지는 않겠지만 진실은 분명 있다는 확신만큼은 함께 찍혔으면 좋겠다. 새로운 신화가 탄생하리라.

말은 생각을 담아내는 소리다. 그 소리에 때때로 인간의 내면은 휘둘린다. 격려와 용기를 주는 말은 사람을 세운다. 상처를 심는 말도 있다. 질투와 의심은 마음에 파문을 일으킨다. 한마디 말이 엄청난 힘을 가질 수 있다. 사람을 살리기도 죽이기도 하는 말과 말. 말의 진정성은 무엇이 담보할 수 있을까. 말을 하는 사람은 신중해야 하며 듣는 사람은 주변 상황의 맥락을 짚어봐야 한다. 감정이 앞서면 이성이 설 자리를 잃으니 상호 공간이 필요하다.

여름에도 겨울에도
비밀은 오렌지 햇살이었죠.
풍선은 점점 커졌어요.

백 그릇의 밥보다
한 그릇의 꿈이 강하다는 걸.
나무가 되어보는 시간은
온 마음이 숲을 원한다는 걸.
무럭무럭 우듬지에 빨간 열매가
오고 있다는 걸.

올바른 방향으로 가고 있다면
함께 달리고 있다면
그것으로 충분하다는 걸.

반나절과 하룻밤, 또 하루가 지났는데도 잠 한숨 못 잤잖아. 고기 놈이 얌전하게 있는 동안 어떻게 해서든지 조금이라도 눈을 붙일 궁리를 해야겠는 걸. 잠을 자지 않으면 머리가 흐리멍덩해질지도 몰라.

머릿속은 충분히 맑아, 하고 노인은 생각했다. 너무나 맑아서 탈이지. 나와 형제 사이인 별처럼 맑아. 하지만 잠은 역시 자야 해. 별도 잠을 자고 달과 해도 잠을 자지 않는가. 심지어는 조류가 없는 아주 조용한 날이면 드넓은 바다도 가끔 잠들 때가 있지.

_어니스트 헤밍웨이, 『노인과 바다』에서

깨어 있으라 잠들 것이니

"잠이 막 쏟아지고 있는 자에게 복이 있을지어다. 곧 꾸벅꾸벅 졸게 될 것이기 때문이다."

잠들지 못하는 날이 늘었다. 낮 시간은 길어지고 밤 시간은 계속 짧아졌다. 딱히 시간에 쫓기는 일도 없었는데 숙면을 취하지 못했다. 덕분에 잠과 꿈, 꿈과 사랑, 내일과 오늘, 숙면과 불면, 잠과 음식에 관한 궁리가 늘었고 이와 관련된 글을 읽었다. 그러다가 우연히 『짜라투스트라는 이렇게 말했다』 중 「덕의 강좌」를 읽다가 소중한 답을 구했다.

스승이 말씀하시길

"잠에 대하여 경건하고 아울러 겸손하라. 잠자는 것은 사소한 일이 아니다. 잠을 푹 자기 위해서는 하루에 열 번 그대 자신을 이겨야 한다."

열 번이나!

"그대는 그대 자신과 타협하지 않으면 안 된다. 타협하지 않는 자는 잠을 이룰 수 없다. 하루에 열 개의 진리를 발견하지 않으면 안 된다. 하루에 열 번 웃지 않으면 안 된다. 쾌활하지 않으면 밤 새껏 뱃속이 그대를 못살게 굴 것이다. 신과 이웃에 대하여 친하고 화목하라. 이웃의 마귀와도 화목하라."

마음을 놓지 못한 스승님이 종일 나를 따라다니셨다. 열 가지의 극기, 웃음, 화해, 친절, 화목이 떠올라 멈칫멈칫 행동과 말을 고쳐 잡았다. 게으름도 덜어내고 화도 눌렀다. 열 가지의 웃음이 떠올라 더 웃었던 하루를 곰곰 열어본다.

오후 열시. 머리가 멍하고 다리가 무겁다. 하루를 잘 보내고 나니 '잠'이라는 위대한 선물이 꾸벅꾸벅 고개를 넘어왔다. 아뿔사! 아홉 가지 진리는 언제 구하나. 한 번 더 웃는다. 잠은 내일을 위한 아름다운 시작이다.

Good Night!

"신의 뜻이 아니면 아무리 하찮은 일이라도 일어나지 않으리라."

이것이 내가 채집했던 짤막한 삶의 지혜였다.

다시 만난다는 것은 얼마나 큰 기쁨인가.

지금껏 누구도 그것을 설명한 사람은 없지만 재회, 재발견, 회상, 이런

것이야말로 거의 모든 기쁨과 모든 즐거움의 비밀스러운 원천인 것이다.

_막스 밀러, 『독일인의 사랑』에서

이십 년이 지났다. 파리에서 보낸 그의 엽서를 받은 지가. 그는 엽서 마지막 줄에 '한국에 가면 함께 별을 쳐다보자'라고 썼다. 그리고 'Au revoir(또 봐)'라고 맺었다.

그는 직장 선배였고 대학 동문이었다. 학교가 같고 부서가 같아서가 아니었다. 돌이켜 보니 선배와 나는 같은 부류의 약한 자였던 것 같다. 첫 직장생활의 이 년 남짓은 만만치 않았다. 하루하루 처리해야 하는 많은 서류보다 나의 행동 하나하나를 도마에 올리는 주변 사람들의 날카로운 시선이 버거웠고 자신과 같지 않음을 이상하게 말하는 그들의 입이 싫었다. 동떨어진 세계로 밀려나고 있을 때 그는 괜찮다고, 파도처럼 밀려갔다 다시 돌아오면 되는 거라고, 아직 길들여지지 않았을 뿐이라고 조용히 나를 다독였고 시간이 필요하다 했다. 그도 나도 쉽게 길들여지지 않았다. 동화되지 못했던 시간이 잘못은 아니다. 길을 잘못 들어섰을 뿐이었다. 십 년을 채우지 못한 채 내가 먼저 퇴사했고 그 후로 소식을 듣지 못했다.

내가 기억하는 그는 피부가 하얘 여려 보였고 키가 컸으며 딴생각에 사로잡혀 창을 바라보는 일이 잦았다. 유독 『어린왕자』이야기와 헤르만 헤세의 시를 좋아했으며 영어와 불어를 샘낼 만큼 능숙하게 구사했고 가끔은 지나칠 정도로 술을 마셔댔다. 그 지나침이 독이 된 것인지, 퇴근 후 집으로 향하던 그에게 지금까지생의 판을 완전히 뒤집는 교통사고가 일어났다. 모든 것이 가능했던 그가 모든 것이 불가능한 다른 그가 되어버렸다. 마비된 사지, 굽은 손, 음식을 삼킬 수 없는 입, 모든 것이 뻣뻣하게 정지됐다. 그의 뇌기능과 얼굴이 온전하다는 것이 오히려 신기했고 기적 같았다. 자유롭던 몸은 잃었으나 다행인지 불행인지 과거의 사소한 기억들은 정확했고 발음이 뭉개져 몇 번이나 되물어야 했지만 한글도 영어도 불어도 희미하게는 뱉어냈다.

그를 만나는 열 번째 날이다. 엘리베이터를 내려 삼 층 끝 병실 앞에 서서 뒤꿈치를 올려 그를 보았다. 들어가기 전, 나는 깊고도 용기 있는 한 호흡을 들이마시고 내보냈다. 오렌지색 반팔 티를 입은 중년의 여자가 보였다. 그의 얼굴에 로션을 발라주고 있었다. 화장을 전혀 하지 않은 민낯은 씩씩해 보였고 그녀의 손동작은 빠르고 부드러웠다. 그녀는 어린아이한테 하듯 두 팔로 목을 감싸 안으며 "사랑해, 또 봐."라며 인사했다. 자음이 달아난 그의 대답은 "아아애"였다. 서둘러 패딩을 입고 병실을 나서는 그녀를 종종거리며 따라 걷는 나에게 "놀랄 거 없어. 지난 육 년의 인연이 짙어질 대로 짙어졌나 봐. 요양사로 그를 만났지. 이젠 요양사 일을 하진 않지만 삼백육십오일 중 하루 이틀쯤 그러니까 여행 가는 날 말고는 매일 세수 시키러 와. 그게 내 하루의 시작이고 운동이거든. 살다 보면 알게 돼. 내가 여기 오는 이유를. 기운이 있어. 난 그 기운을 받는 거지."라고 했다.

그녀는 오른손을 번쩍 올리며 엘리베이터를 닫았다. 나는 마음이 울렁거렸다. 알 수 없는 깊이의 우물 속으로 둥근 하늘에서 환한 햇살이 쏟아지는 듯했다. 그녀에게서 어머니의 큰 손바닥이, 넉넉한 그늘과 환희의 가슴이 느껴졌다. 추위에 떨고 섰다가 핫초코 한 잔을 받아 마신 것처럼 속이 훈훈해졌다. 그제서야 환자 생활을 오래한 그의 얼굴이 유난히 희고 반짝였던 이유를, 바싹 깎여진 수염 아래 입 언저리가 까끌까끌했던 이유를 알 것 같았다.

그가 어딘가를 응시하며 눈동자를 굴린다. 무엇을 보는 걸까?

그의 마음을 읽을 수 없다. 그가 짓는 몇 안 되는 표정도 해독이 어렵다. 어렴풋하지만 예리하게 꽂히는 건 그의 눈물이다. 이유를 묻고 싶지 않았다. 아니 물을 수가 없었다. 나는 빨간 간이의자에 앉아 기다린다. 내가 지하철을 타고 오는 동안 마음의 준비를 하듯 그도 어쩌면 내가 온 후 안정을 찾을 시간이 필요할지도 모른다. 난 규칙적으로 오는 사람이 아니었다. 그는 내가 처음 병원에 왔던 화요일을 기억했다. 그래서일까 화요일마다 왔으면 했다. 그러리라 약속했지만 두 달이 지날 무렵 가는 횟수가 줄었다. 기다림이 아팠다는 듯 그의 출렁이는 눈이 나를 향했다. 기억의 끝. 그는 어떤 기억의 끝에 서 있는 걸까.

아무것도 싫다 했다. 손가락으로 글을 쓰는 것도 "아애." 노래를 들려준대도, 책을 읽어준대도 "아애." 해 줄 수 있는 것이 없었다. 내가 오지 않았던 시간 동안 그 약속을 잊었거나 지웠거나 포기한 듯했다. 지키지도 못할 약속으로 그를 기다리게 한 것은 내 잘못이었다. 기다림은 철저하게 외롭다. 그는 늘 혼자였다. 6인실의 벽마저 세월을 입어 군데군데 페인트가 벗겨져 있었고 흰 벽은 칙칙했다. 침대 맞은편 화장실 문 위로 마지막 잎새처럼 달랑거리는 달력이 전부였다. 아무것도 없었다. 그의 침상 왼쪽 벽에 「담쟁이」라는 시가 붙어 있었고, 그 옆에 나란히 슈퍼맨 브로

마이드가 있었다. 그의 의지가 아니라 누군가가 떼내어 버렸으리라. 그것을 건네주고 간 사람들의 발걸음이 끊겼을 때 어쩔 수 없이 기억을 버린 것이리라.

사십 분이 흐른 다음에야 그의 긴장된 근육이 풀렸다. 눈도 편안해졌다. 손에 쥐고 있던 만년필을 들어 수첩에 자신의 이름을 적었다.

'나 여기 아직 살아있어.'라고 말하는 것 같았다.

'끝까지, 끝까지 잊지마요.' 그의 눈을 보며 주문을 외듯 중얼거렸다. 노래 두 곡을 귀 옆에 놓아주고 『어린왕자』 속 여우 이야기를 읽었다. 길들여진다는 것은 관계를 맺는다는 뜻이라는 말을 남기고 어린 왕자는 자신의 별로 돌아갔다. 무수한 별 중 하나가 어린 왕자의 별이리라. 밤하늘을 찍은 사진을 그에게 내밀었다. 한국에 돌아와 함께 쳐다보기로 한 별은 검푸른 산 능선을 넘어가고 있었다.

가만히 그의 눈동자를 본다. 그의 입술을 본다. 은은한 맥주 향기가 나는 듯하다. 교통사고가 있기 전 마지막 기억이다. 그가 프랑스 파리로 연수를 떠나기 전날 레스토랑에서 함박스테이크를 먹었고 편의점에 들러 캔 맥주를 마셨다. 사무실로 다시 들어가야 할 시간이었이었지만 캔 맥주를 부딪치며 작별 인사를 하였다. 왜 그날 하필 맥주여야 했는지는 모르겠다. 그 이후 그 날의 맥주 향이 늘 특별한 느낌으로 남아있다.

책상 서랍 속 깊숙하게 있었던 그 옛날 어린왕자와 여우가 그려진 엽서는 다시 내게로 왔다. 수첩에 푸른 잉크로 크게 적었다

"Au revoir."

"오흐브아." 그가 읽었다.

"또 봐요, 선배."

기억은 남는다. 그리고 힘이 세다. 시간의 끝, 마지막에 남을 기억은 아마도 매일 아침 세수를 시켜주던 고운 손, 한 캔의 맥주, 가벼운 엽서 한 장, 마음으로 흘러 들어간 노래 한 소절, 책 읽는 소리, 오흐브아 한 마디 같은 것이 아닐까. 가장 나중까지 남을 기억이 그의 마음에 빛이 되기를 바라며 병실을 나섰다. 새로워진 기억들이 살아가는 힘이 되길.

블라디미르: 이 모든 혼돈 속에서도 단 하나 확실한 게 있지. 그건 고도가 오기를 우린 기다리고 있다는 거야.

엘라스트공: 아니면 밤이 오기를 기다리고 있는 거다. 우린 약속을 지키러 나온 거야. 발이 잘못됐는데도 구두 탓만 하니. 그게 바로 인간이라고.

_사무엘 베케트, 『고도를 기다리며』에서

각자의 고도를 기다리며

기다림은 희망일까, 절망일까? 하염없이 기다린다. 에스트라공과 블라디미르는 앙상한 나무 아래서 어제도 오늘도 고도를 기다린다. 약속처럼 내일도 기다릴 것이다. 언제 올지, 어떻게 올지, 왜 기다리는지, 고도의 얼굴도, 심지어 만나는 장소가 맞는지조차 모른다. 그러면서도 단 하나, 고도를 기다리는 일을 확신한다.

디디와 고고의 기다림, 그 사이사이를 메우는 것은 말이다. 의미 없는 말들이 끊임없이 쏟아진다. 서로를 향하고 있지만 독백 같다. 소통이 되는 건지 도통 알 수 없다. 에스트라공이 돌 위에서 구두를 벗으려 기를 쓰며 끙끙거리며 두 손으로 한쪽 구두를 잡아당긴다. 같은 동작을 되풀이한다. 나뭇가지에 목을 매어볼까 시도하기도 한다. 두 사람의 기다림은 무료하지 않다. 무수한 말들 사이사이는 시의 행간 같다. 읽었다고도 이해했다고도 말할 수 없다. 1막이 끝나고 2막의 마지막 대사 "어서 가자. (둘은 움직이지 않는다.)"에 도달한다. 백삼십 분 동안 함께 기다렸던 관객들은 그 순간 각자의 고도를 생각하고 있었을지 모른다. 우리는 자신의 진정한 고도를 찾을 수 있을까. 고도는 찾으려 해도 찾을 수 없는 것인지도 모른다. 하지만 분명한 건 믿음을 가지고 고도를 기다리고, 그동안은 한껏 하고 싶은 일을 해야 한다는 것이다.

오직 그림만이 자신을 열광시키기도 영원토록 괴롭히기도 하는 진정한 가치라 말하는 마리 로랑생. 언제나 다음 그림이 그녀에겐 평생의 고도가 아니었을까. 신구, 박근형 배우에겐 거듭되는 무대에서 관객과의 좀 더 내밀한 호흡이 고도가 아닐는지. 당장 완성이 보이지 않지만, 그저 자신의 신념을 향해 끝이 보이지 않는 돌을 쌓아가는 것. 그것이 기다림이다. 어쩌면 위대한 것은 그렇게 탄생하는지도 모른다. 기다림이 없는 삶은 어떨까? 아무 기다림이 없다면, 끝까지 미쳐 볼 고도가 없다면 어찌 삶을 살아내겠는가? 하루하루 소망을 위해 그저 나아가 보는 것. 한 걸음을 위해 묵묵히 오늘도 내일도 희망의 신을 신어보는 것이 우리의 의무가 아닐까.

해가 지더라도 밤을 보내고 다음 날 아침 다시 나무 아래로 갈 수 있어야 한다. 불확실한 길에 용감히 서서 지난한 과정을 넘어선다면 확실에 닿을 것이다. 애초 확실하고 완벽한 것은 신의 것이라 할지라도 말이다.

삶은 과정이다. 언제나 진행 중이다. 그러기에 가는 도중에 삶이 만들어진다. 삶은 하나의 언덕을 넘을 때마다 다른 풍경을 펼쳐 보일 것이다. 무수히 닥쳐오는 풍경이 아름답고 편안하지 않더라도 씩씩하게 나아가기를. 내가 가지지 않은 풍경을 당신이 안고 올지도, 오늘 보지 못한 풍경은 다음 계절에 볼 수 있을 지도 모르니까.

평생을 간직한 스승의 말씀, "부지런하고, 부지런하고, 부지런하라." 초로의 황상은 봄빛을 즐기며 초서를 계속한다. '공부가 없다면 자신은 죽은 목숨이니 관 뚜껑을 덮을 때까지 공부를 멈출 수 없다'고 단호히 말하는 일흔의 노인은 후세에는 승려로 태어나 승방에서 평생 공부만 하겠노라 덧붙인다. 그 스승에 그 제자라.

다산은 몸소 그것을 보여주었다. 공부에 몰두한 나머지 복사뼈에 구멍이 세 번씩이나 났다는 "과골삼천(踝骨三穿)"의 이야기에서 그저 말문이 막힌다. 어찌 그리한단 말인가. 스승 정약용은 몸으로 가르쳤고 말씀으로 이르셨다. 유배지에 당도하여 하신 첫마디가 "이제야 학문 할 겨를을 얻었구나."였다. 가눌 수 없었던 마음을 다산은 차를 마시고 시를 지으며 잊었다. 유배지에서의 시간은 강학과 저술로 승화됐다. 평생 500권의 책을 읽기도 어려운 데 다산은 18년의 유배 기간 동안 18제자와 함께 500권의 책을 저술하는 위업을 성취한다. 다산은 모든 것은 흔적도 없이 사라지고 가치 있는 한 권의 책이 남으니 시간을 허투루 할 수 없다 했다. 이렇게 생각한다면 다산의 삶은 그야말로 위대한 생애가 아닐 수 없다. 비록 개인적인 삶은 아팠으나 격동의 조선 후기를 온몸으로 겪으며 조선의 개혁을 위해, 백성을 위해, 관리들을 위해 다방면의 책을 남겼다. 한 사람의 머리에서 다루어지는 지식의 양이 그토록 방대할 수 있는지 믿기지 않을 정도로 놀라울 따름이었다.

여기서 잠깐 그가 아들과 제자에게 강조한 독서법을 소개한다. 초서의 독서법은 단순한 읽기가 아니라 자신의 생각과 책에서 필요한 부분을 함께 써 놓은 카드식 독서를 이른다. 부지런히 생각하지 않는 자는 결코 따를 수 없는 손으로 읽는 독서법이다.

열다섯, 스승에게서 "꼭 너 같은 사람이라야 학문을 할 수 있다."라는 말씀에 더벅머리 소년은 얼마나 설레었을까. 둔하고 답답하고 막혔던 그의 병통은 오히려 우직함이 되어 스승을 섬겼고 자신의 공부를 갈고 닦는데 큰 거름이 되었다. 투박하고 꾸밀 줄 몰랐던 '산석'(황상의 아이 적 이름)그대로였다. 결국 그는 당대 최고의 시인이 되어 추사 김정희의 인정을 받기에 이른다. 그의 나이 58세였다. 스승의 말처럼 투박함이 뚫리니 그 물결은 거침없었다. 흔들리지 않았다. 일속산방을 차리고 평생 유인으로 욕심 없이 학문에 매진했던 황상, 그에게 다산은 운명이었고 그가 칭송받는 시인이 된 것은 한순간도 놓지 않았던 확고한 믿음의 실천에 대한 하늘의 선물이었다.

　스승과 제자가 시와 편지로 시름을 달래고 마음을 주고받는 모습은 참으로 아름다웠다. 학질을 끊는 노래를 인편으로 보내고 제자와 같은 제목의 시를 손수 지어 참고하도록 하며 제자가 그리워 소소한 일상의 안부를 먼저 보내는 스승. 스승의 모든 가르침, 지나가는 말씀조차 그대로 따랐던 황상, 그 황상을 자식만큼 따뜻하게 보듬고 엄하게 가르쳤던 다산이었다. 제자가 가는 길에 마지막으로 건넨 벼루 하나, 붓 한 자루, 담배 한 개비, 여비 두 냥, 아픈 몸으로 흔들리는 필체로 쓴 편지, 그 마음이 전해져 울컥했다. 그것이 황상과 다산과의 18년 만의 해후였고 마지막이었다. 강진으로 돌아가는 길에 스승의 부고를 듣는다. 황상은 다시 발걸음을 돌렸다. '아, 스승님!' 황상에게 다산은 세상의 어떤 산보다 컸으며 차가 많았던 강진의 낮고 따뜻한 구릉이기도 했으리라. 마음을 환히 밝혀 주었던 일생의 단 한 사람, 산석의 스승이

75세를 일기로 영면하셨다.

"만남은 맛남이다."『삶을 바꾼 만남』서문은 이렇게 시작한다. 사람의 기운은 좋은 사람과의 만남에서 온다. 맛있는 만남, 멋진 만남이 그립다. 자신을 담백하고 은근한 맛으로 곰삭혀보면 어떨까. 손으로 읽는 부지런한 책읽기로 시간을 채워보리라. 오래오래 곁에 두고 싶은 스승과 제자의 이야기는 '운명'이란 두 글자를 품게 했다.

2부

오늘을 더 사랑하라

빛나지 않는 막대기 같은 사람들이

가슴에 싱싱한 지느러미를 달고

헤엄쳐 갈 데 없는 사람들이

불쌍하다고 생각하는 순간

느닷없이

북어들이 입을 크게 벌리고

거 봐, 너도 북어지, 너도 북어지, 너도 북어지

귀가 먹먹하도록 부르짖고 있었다

_최승호, 『북어』에서

_____ 너도 북어지

어쩌다 마주치는 거리의 사람들. 내게 노숙자는 두려운 풍경이
었다. 꺼내놓아서는 안 될 비밀과 맞닥뜨린 것처럼, 흠칫 놀라 경
계했고 돌아갔다. 그들은 아무런 시선을 던지지 않았다. 아무 말
도 없었다. 계절이 지난 옷차림으로 깨끗하지 않았을 뿐. 지붕이
없는 차디찬 바닥에서 웅크린 채 벌을 서듯 잠을 자고 있을 뿐이
었다. 스스로 보호하고 있다는 생각이 들지도 않았지만 사회로부
터 보호받고 있다는 생각은 더더욱 들지 않았다. 이해의 대상은
아니었으나 따가운 눈총을 던질 대상도 아니었다. 온갖 것들의
'왜'가 꼬리를 물었고 알 수 없는 작은 분노가 일기도 했다. 거리
의 이름 없는 낯선 사람들, 그들에게도 분명 사연이 있으리라. 다
가가 이야기를 건네본다는 건 언감생심. 굳이 필요 없는 무용한
것이라 생각했을지도 모른다.

그러던 어느 날 텔레비전에서 노숙자 K의 인터뷰를 보게 되었다. 스물두 끼를 굶고 하천의 잉어를 보니 잡아먹고 싶었다는 K도 노숙자에 대한 편견을 가지고 있었노라 고백했다. 사업 부도로 가정이 파탄 났고 어쩔 수 없이 노숙자 생활을 했다. 자신이 익명의 노숙자가 되었다는 사실에 고개를 들지 못했고 받아들이기도 어려웠다. 무엇보다 그를 가장 힘들게 한 것은 타인의 편견이었다. 이젠 낮엔 공장에서 일하고 저녁엔 성프란시스(노숙자를 위한 학교) 대학에 다닌다. 그는 사람 공부 중이다. 당당히 청계천을 활보한다. 몸은 서울역 노숙자지만 마음까지 노숙자는 아니라며 웃음 짓는 K.

그의 당당한 웃음 뒤에는 성프란시스 대학의 인문학 수업이 있었다. 무엇보다 함께 공부하고 함께 고민을 나누는 선생님과 자원봉사자가 있었다. 시간과 공간을 공유하며 이해의 폭을 넓히는 사람들. 밥 한 끼를 식구처럼 두런두런 앉아 같이 먹는 사이가 된다는 것이, 속엣말을 내려놓을 수 있다는 것이 얼마나 큰 위안이었을까. 거리의 선생님(거기선 노숙자를 이렇게 부른다)들은 자신을 찾아가고 있었다. 어두운 때였지만 환한 빛을 잘 흡수하여 인생의 암울했던 구간을 밝히고 있었다. 사람이 절망이었고 사람이 희망이었다. 그들을 주눅 들게하고 고개 숙이게 만든 것도, 그들을 일어서게 만든 것도 사람이었으니.

너는 나의 짝말이라는 진실과 마주한다. 사회의 많은 너를 보면서 한구석에 버려진 나, 우리의 민낯을 대면하는 것, 이것이야말로 생생한 배움이다. 바깥의 모습을 벗겨보아야 속이 드러난다. 눈꺼풀은 때로 너무나 많은 편견을 가지게 한다. 속을 보리라. 자신도 타인도 물건들도. 있는 그대로 낯설게. "표지만 보고 책을 판단하지 말라. 낯선 사람 그 자체로 사람을 보라." TV 자막은 무언의 고발이었다.

이 도시에 물질적인 집이 없는 사람들도 물론 있으리라. 재산을 증식시키는 욕망의 하우스(house)를 가지지 못해 안달 난 사람들 말이다. 노숙자(homeless)들은 일을 마치고 돌아갈 진정한 홈(home)이 없는 사람들이다. 그들이 문학 시간에 외던 최승호 시인의 시 「북어」가 입속을 맴돈다. 느닷없이 묻는다. 먹먹하게 부르짖는다. 너도 북어지, 너도 북어지.

어쩌면 우리는 모두 때때로 홈리스의 조각인지도 모른다. 어둠이 내리고 길 건너 고층 아파트에 불이 하나둘 켜진다. 돌아올 집이 여기 있다는, 당신을 맞아줄 따스함이 기다린다는 신호이길.

이 세상의 아름다운 것들에서 출발해 그것들을 계단 삼아 내가 말하는 아름다움을 위해 꾸준히 올라가되 한 아름다운 몸에서 두 아름다운 몸으로, 두 아름다운 몸에서 모든 아름다운 몸으로, 아름다운 몸들에서 아름다운 활동으로, 아름다운 활동에서 아름다운 지식으로, 끝으로 아름다운 지식에서 아름다운 것 자체만을 대상으로 하는 저 특별한 지식으로 나아감으로써 드디어 아름다운 것 자체가 무엇인지 알게 되는 것이라오. 만티네이아에서 찾아온 이방의 여인은 다음과 같이 말을 이었네.

"친애하는 소크라테스, 인간에게 살 만한 곳이 있다면 아름다운 것 자체를 관조하는 이러한 경지야 말로 살만한 곳이겠지요."

_플라톤, 『향연』에서

속삭임

여기서 시작이다. 나의 주소는 화려한 불빛이 술렁대는 밤의 도시 삼십 층 집합건물 열일곱 번째 층 오른쪽 집이다. 허공에 매달린 침대는 대지를 잃고 발이 닿지 않는 불안은 꿈을 불렀다. 어둠이 깊을수록 환해지는 백야의 눈동자, 거대한 침묵 그곳에서 할머니가 오셨다. 한 번도 가보지 못했지만 언젠가 닿을 그곳에서. 연보라 카디건을 입으시고 작은 제비처럼 순식간에 가볍게, 베란다 몬스테라 큰 잎을 매만지며 서 계셨다. "커피 한잔할까. 연하게 내려다오." 어스름한 부엌에서 원두는 서서히 떨어졌다. 새벽공기는 금세 향긋해졌고 비밀스러운 말들은 뜨거운 커피잔에 녹아들었다. "좋음은 좋은 것이야. 우리는 좋음을 위해 사는 게지."

커피를 다 비우기도 전에 잠에서 깼다. 입가에 맴도는 좋음,

꿈이었다.

"누구나 꽃이야."

생전 할머니가 자주 하시던 말씀이다. 자신의 꽃을 피우는 게 가장 좋은 삶이라 하셨다. 내 꽃은 어디에 있는가. 잃어버리고 있던 삶의 중심을 할머니가 불러일으켰다. 바쁘게 돌아가는 일상의 번잡함을 시간을 잘 보내는 것으로 착각했다. 아내로, 딸로, 동생으로, 며느리로, 사회에서 주어진 역할 수행자. 이것이 내 이름은 아니다. 직업인이 아니라는 이유로 스스로를 선반 위로 올려놓았다. 돈을 버는 인간에서 멀어지는 것이 쓸모를 상실하는 것은 아니라고 당당하고 싶었다. 그러기 위해서라도 내 밭의 돌무더기를 치우는 배움이 필요했고 생각의 방향을 틀어야 했다.

그 첫걸음으로 글을 쓴다. 힘이 들어 쓰고 기뻐서 쓴다. 시간을 붙잡기 위해 쓰고 잊어버리지 않도록 쓴다. 사물과 사람, 깊숙한 목소리를 끄집어내어 표현해본다. 글쓰기는 조각하듯 깎고 또 깎는 작업이다. 관찰하고 또 관찰하는 일이다. 더 낮게 낮출 줄 알아야 하고 더 높이 올라 넓은 시선으로 볼 줄 알아야 한다. 서너 시간 책을 읽고 고작 몇 줄의 글을 쓴다. 가깝고도 먼 미래로 다가가는 힘들고도 좋은 이 시간만큼은 무엇에도 양보하지 않는다. 자신이 충만해야 좋음에 가까이 갈 수 있다. 내 꽃은 단어로,

문장으로 피는 중이다.

그래서일까. 소크라테스가 남긴 많은 말들이 가까이 다가왔다. 무엇보다 자신을 돌보라고, 혼이 최선의 상태가 되도록 관심을 쏟으라 강조한다. 정신과 삶의 태도를 말하는 것이다. 쉽고 즐거운 쾌락의 상태를 절제해야 한다. 영혼을 혼 자체의 장식물로 꾸미라는 오래된 문장의 울림은 할머니가 자신의 꽃을 아름답게 가꾸라는 가르침과 같았다. 법정을 떠나기 전 소크라테스는 사형선고를 한 배심원들에게 "남의 비판에서 벗어나는 것은 가능하지도 아름답지도 않으며, 가장 아름답고 가장 손쉬운 방법은 남들의 입을 다물게 하는 것이 아니라 최대한 훌륭한 사람이 되려고 스스로 노력하는 것이다."라고 말했다.

'최대한 훌륭한 사람이 되도록 노력하는 삶, 글을 쓰며 아름답게 살지어다.' 몬스테라 잎사귀가 속삭인다.

"석탄장수!" 하고 나는 추위로 다 타버려 선명치 않은 목소리로, 구름을 이룬 입김에 쌓인 채 소리친다.

"제발, 석탄장수, 나에게 석탄을 조금만 주게. 나의 양동이는 벌써 텅 비어서, 내가 그 위에 탈 수 있을 정도일세. 선의를 베풀게. 가능한 한 빨리 값을 치르겠네."

_카프카, 「양동이를 탄 사나이」에서

외상장부

"배고픔과 추위에 사형을 선고하노라." 장발장법이 폐지되었다. 빵이 없는 자에게 윤리적 행위를 기대할 수 있을까. 배고픔이 절도를 정당화할 수는 없다. 그러나 라면 한 봉지, 배추 두 포기를 훔친 사람에게 징역 3년 6개월은 지나치다. 과거 절도 혐의로 가중 처벌이라 할지라도 과하다. 재벌 회장 장남의 몇십억 횡령 사건에 내려진 3년 구형과 비교하면 형평성 논란은 당연했다. 법마저 사람을 차별한다면 사회의 약자는 기댈 언덕이 없지 않은가.

'매일 생선 한 마리를 훔친 남자' 사연을 신문 기사에서 읽었다. 교통사고로 다리 하나를 잃었고 일자리를 구할 수 없었다. 밥을 먹은 기억이 가물가물한 사내는 배고픔을 건디다 못해 시장으로 나갔다. 매일 생선 한 마리를 훔친다. 어느 날 가게 주인이 설치한 CCTV가 그를 잡았고 경찰서에 넘겨졌다. 경찰의 도움으로 생필품을 얻었고 복지 수혜자가 되는지 확인 중이다. 관심과 조명을 받아야 할 사람은 터널에 갇힌 듯 삶이 막막했던 남자였다. 그럼에도 기사는 선량한 경찰관에 초점을 맞추고 있었다. 후속 사연이 실리지 않는 한 그 남자는 우리의 기억 속에서 사라질 것이다.

한 인간이 배고픔과 추위를 걱정해야 할 정도라면 최소한의 생존도 어렵다는 뜻이다. 일차적으로 개인의 책임이다. 그러나 그러한 처지가 장애나 불의의 사고로 인한 것이라면 고려되어야 할 사항이 있다. 우리는 공동체의 일원으로 함께 살아간다. 자신이 속한 공동체에 대한 한 인간으로서의 의무는 무엇일까. 복지의 그늘은 어디까지 닿아야 하는 것인가. 가난과 무지로 복지 혜택 신청에서 누락된 것일까. CCTV 설치로 덜미를 잡은 가게 주인이 바란 것은 형사 처벌을 바란 건 아니었으리라.

이웃의 온정과 사회제도를 운운하는 마당에 옛날 동네 슈퍼 외상장부 생각이 난다. 당장 돈을 내지 못하는 손님은 외상장부에 적어 놓고 물건을 가져가곤 했다. 남다른 정, 믿음이 형성되어야 가능한 거래였다. 그 외상값들이 정당하게 다 치러졌는지는 알 수 없는 일이지만 가난한 날의 팍팍함에 숨통은 틔울 수 있지 않았을까. 그렇다면 라면 한 봉지, 생선 한 마리 절도로 장발장이 되지는 않았을지도 모른다.

　이름 모를 누군가를 위해 식당에 십 인분의 식사 값을 미리 내놓고 가는 시민, 한 켤레의 신발이 팔릴 때마다 아프리카 어린이에게 한 켤레의 신발을 기부하는 기업, 연탄 기부를 돕는 사람, 선한 영향력을 펼치는 익명의 선행이 이 시대 누군가의 외상장부가 되어주고 있다.

　맹자는 '항산(恒産)이 있어야 항심(恒心)을 유지한다'고 말했다. 항산은 생업과 적정한 소득을, 항심은 평정심을 말한다. 기본소득 논의가 분분하다. 최소한의 먹거리가 해결된다면 삶의 흔들림은 줄어들 것이다. 먹거리를 위해 헤매고 걱정하는 시간을 의미 있게 쓸 수 있을 것이니 다행이다. 기본소득이 디딤돌이 될 수 있으리라.

마르티의 별은 쿠바의 비전이다. 목표를 달성하고 끝나는 것은 비전이 아니다. 비전은 끊임없이 지침을 제공하는 영속적인 에너지이다. 비전은 보이지 않는 것을 보는 기술이다. 이는 '보는 능력', 곧 꿰뚫어 보는 힘이며, 또한 선견·통찰력·가치관·신념으로도 쓰인다. 마르티에게 이상은 인류이고 그들의 절대적인 평등과 자유였고, 그리고 사랑이었다. 별은 마르티가 선택한, 전체 인류를 향한 지고한 가치를 의미한다.

별은 밤하늘을 밝히는 신성함 때문에 근원적인 자연성 또는 영성을 찾아가는 감성의 수원지이기도 하다. 그래서 고대부터 숭배되어온 별은 다양한 문학적 상징체계로 빛난다. 무엇보다 마르티에게 별의 이상은 시를 찾아가는 길이었고, 이 이상은 문학의 소명에 그대로 닿아 있다. 별은 영적 진화를 가져오는, 무엇보다도 강인한 사랑의 세계임을 마르티는 확신하고 있었던 것이다.

_김수우, 『호세 마르티 평전』에서

애드 아스트라(AD ASTRA)

예견된 것이었을까. 코로나19로 온라인 시스템에 가속이 붙고 있다. 온라인 개학이 시작됐고 회사는 재택근무 직원을 늘리고 있다. 회의와 회식도 특정한 플랫폼을 이용해 온라인으로 진행한다. 문화공연은 줄줄이 취소되었고 방구석 콘서트 영상이 많아졌다. 언제 어디서나 존재한다는 '유비쿼터스'를 경험하고 있다. 이것이 정보 통신 강국의 면모일까. 위기가 진정한 기회가 되려면 환골탈태, 본질적 변화가 필요하다.

일본은 올해 일월 대학입시센터시험을 폐지했다. 대입 학생 선발 기준은 논술과 구술시험이다. 한국은 논술시험을 폐지하고 있는 실정이다. 아직도 주입식 교육, 축적된 지식의 평가에서 벗어나지 못하고 있다. 수십 년 동안 겉옷만 바꿔 입는 한국의 입시제도가 불안하다. 진정한 배움이 무엇인가. 지식 데이터가 필요하다면 인공지능을 따라잡기는 요연하다. 실리콘 밸리 육 백 명의 직원이 한 달 동안 처리 해야 할 일을 인공지능은 두 시간 만에 끝낸다. 게임이 안 된다.

교육은 어디를 향해 가야 하는가. 인공지능을 이기려 해서는 답이 없다. 인공지능을 이용하여 문제 해결 능력을 높이되 윤리 도덕의 문제는 사람이 판단해야 한다. 사고하는 능력, 철학이 있어야 한다. 철학은 형식적 프레임이 아니라 각 개인의 사고할 수 있는 힘이다.

테슬라 CEO 일론 머스크가 다섯 자녀를 위해 애드 아스트라를 세웠다. 애드 아스트라는 베르길리우스의 『아이네이스』 구절에서 따온 것으로 '별을 향해'라는 의미다. 더 이상 지금의 학교에서는 배울 것이 없다며 명문 사립학교를 자퇴시킨 뒤 자녀들을 이 비밀 학교에 보내고 있다. 로봇공학, 코딩, 화학, 수학에 이르기까지 다양한 프로젝트에 참여하고 협력하여 문제를 해결한다. 암기식이 아니다. 여러 분야의 조사와 연구를 통해 묻고 답하는 탐구 교육이다. 화성 이주를 꿈꾸는 시대, 별을 향해 가는 아이들은 미래의 주역이 될 수 있을까.

학교는 학생들에게 어떤 배움을 주어야 할까. 핀란드식 교육 현장을, 애드 아스트라 교육시스템을 따라하자는 게 아니다. 최소한 학교 교육이 공장 물건 찍어내듯 수능 문제 풀이의 달인 만들기에 총력을 기울여서는 안 된다. 축적된 데이터를 암기하여 뱉어내는 시험은 발전이 아니라 퇴보다. 지식의 수동적 암기의 방식이 아니라 능동적 지혜를 생성하고 질문하는 배움에 참여할 수 있어야 한다. 우리만 시대에 역행하는 춤을 추다가는 그대로 멈춰서야 할지 모른다.

시험에 시달리고 서열에 주눅 든 학생들은 이미 학교가 지옥이라고 말한다. 삶과 지혜, 인성을 배우는 대신 경쟁과 자본, 권력의 논리를 배운다. 학교가 억압의 공간이 되어서는 하늘의 아름다운 별과는 멀어진다. 꿈과 이상이 별 아니던가. 공존을 향해 가는 지구에 경쟁은 현명한 해결책이 아니다. 교육은 공동체를 살리는 방향으로 가야 한다. 새로운 것을 배우는데 벽을 세워서는 안 된다. 주저함이 없어야 한다. 딱딱하게 굳은 지식 주머니, 하드파워는 기계가 가져갔다. 그럼 우리는 소프트파워가 있어야 하지 않겠는가. 인간과 사회 간의 소통과 공감은 물론이고 인공지능과의 관계도 고려해야 할 것이다.

미래 학교는 일정한 장소도 시간도 갖추지 않을지도 모른다. 보이지 않는 학교, 배움은 모든 곳에서 가능하다. 책 속에서, 길 위에서, 마을 생태 공동체에서, 세계 유수 대학이 제공하는 콘텐츠

에서, 접속하고 이동하고 움직이는 학교, 개인의 커리큘럼을 개인
이 계획하는 시대가 오고 있다. 보이든 보이지 않든 행복을 꿈꾸
게 하는 공존의 배움터가 많아졌으면 싶다.

하얀 붓처럼, 불꽃처럼 스파트필름의
꽃대가 올라오고 있다. 베란다에서
은은한 향기를 맡은 지 아마 일곱 달은
지났을 것이다. 기다렸을까?
나의 기다림으로 꽃을 피우지는 않겠지만,
때론 기다리는 쪽은 주체가 될 수 없다.
더디 꽃을 피우더라도 애태우지 말기를.
한 생이 지고 그 자리에 다른 꽃으로 피더라도
기다리지 말기를. 피고 지는 것, 지고 피는 것은
꽃의 몫도 내 기다림의 몫도 아닌 듯하니.
흙과 바람, 햇살이 거두는 것은 아닐까.

그 사람은 흔들림이 없는 사자 성격이라면 나는 이리저리 움직이는 물고기입니다. 어떻든 이 기묘한 쌍은 40년 동안 조화를 이루었습니다. 우리는 계속 같이 갈 것입니다.

—헬렌 니어링, 『아름다운 삶, 사랑 그리고 마무리』에서

곡선과 직선

땅거미가 지기 시작하고 집을 나섰다. 엇비슷한 아파트가 큰 키를 자랑하며 불을 밝혔다. 상가 슈퍼마켓, 빵집, 입시 학원, 부동산을 지나 벗나무 아래를 걷는다. 일을 마치고 돌아오는 사람들, 버스를 기다리는 사람들, 떨이를 외치는 채소가게, 자전거를 타는 아이들, 커피숍 유리창 너머의 사람들, 비슷한 듯 다르다. 시간마다 달라지는 하늘 색깔처럼, 봄꽃을 밀어내고 달린 잎처럼. 남편이 보낸 엽서 생각이 났다.

"대척점에 네가 있어 안심이다. 오지게도 닮은 네가, 축소하거나 늘이면 포개어질 것 같은 네가 고맙다." 어느 날 엽서에 대롱대롱 한 문장이 배달되었다. 좌우 대칭이 일그러진 나비넥타이가 떠올랐다. 중심을 잘 못 잡아 한쪽 리본만 부푼, 그래서 언뜻 보면 하나의 날개만 가진 듯한 그런 나비. 남편과 나는 아주 다른 사람이고 한편으론 무척 유사한 사람이다. 가령 이런 식이다. 나는 오월까지 추위를 타고 채식을 주로 하며 남편은 11월 초순까지 더위를 타고 육식을 선호한다. 바깥의 어딘가에 시선을 두고 있는 한 사람과 자신의 내면을 파고드는 한 사람. 잘 모르는 타인의 시비를 그냥 지나치는 사람과 정의 구현이라도 하듯 맞서는 사람. 끝없이 걷는 사람과 끝없이 달리는 사람. 평행하다.

평행한 두 선분은 때때로 포개져 묶인다. 그는 여름 바다를, 나는 가을 하늘을, 우리는 푸르름을 좋아한다. 종이책을 늘 곁에 둔다. 적당한 알코올을 즐긴다. 도서관과 박물관이면 우연을 과장하여 필연적으로 만난다. 그래서 홀로 또는 따로 외출해도 목적지가 비슷하다. 여름밤엔 배내골 고개를 넘어가는 천태산에서 별을 보고 와야 후련해지는 가슴을 가졌다. 양동마을에서 초록비처럼 내리던 별똥별을 부적으로 지니고 있다. 예전에도 지금도 단조로우나 딴은 낭만적이다. 비슷하고 다른 것들이 서로를 지탱하고 채워준다. 삶은 불완전함이 완전함을 향해 가는 여정이다. 조화라는 이름으로 스미어 간다.

직선의 양 끝을 붙이면 원이 된다. 원의 한 부분을 잘라 펼치면 직선이 된다. 직선 속에 원이, 원 속에 직선이 이미 포함되어 있었던 것은 아닐까. 어떤 모습, 어떤 성정으로 더 오래 있었느냐가 다를 뿐이다. 하나의 성향으로 치우친 것. 그 치우침이 불완전이다. 다른 방향을 보게 하고 내면에 있는 것을 끄집어내어 주는 것이 완전이다. 그러니 자신을 포기하는 것이 아니다. 곡선은 곡선의 미덕을, 직선은 직선의 미덕을 간직하며 서로를 제압하는 것이 아니라 그 모습 그대로 받아준다. 혹 필요하다면 연결하거나 잘라보는 것이 조화를 향하는 것이다. 중심은 잡고 있되 유연성을 발휘하면 비슷함 속에도 다름이 있고 다름 속에서도 유사점이 있음을 발견하게 되리라.

수만 개의 둥근 구슬이 수만 개의 그물코에 걸려 있다. 둥근 것과 곧은 것이 서로를 감싸고 있다. 언제든 풀 수 있고 언제든 합체할 수 있다. 곡선을 모으고 직선을 모은다. 곡선을 자르고 직선도 자른다. 점점 작아져 점이 된다. 가장 작은 직선이며 가장 작은 원, 출발점이다.

대로를 벗어나 샛길 골목길로 들어왔다. 화단 길을 따라 집을 향한다. 주변이 어두워져 사람 발길이 뜸하다. 어둠에 묻힌 그림자와 속삭이며 걷는다. '틈이 많은 내 곡선에 틈이 많은 당신의 직선이, 틈이 많은 당신의 직선에 틈이 많은 나의 곡선이 있군요.'

우주에는 생명이 전혀 서식한 적이 없는 세상이 있다. 우주적 재앙의 표적이 되어 새까맣게 타버린 불모의 세상들이 우주 여기저기에 널려 있다. 우리는 행운아이다. 이렇게 멀쩡하게 살아 있고 자신의 운명을 바꿀 수 있는 능력을 소유하고 있다니 얼마나 다행인가? 문명의 미래와 하나의 종으로서 인류의 생존 문제가 우리 두 손에 달려 있다. 우리가 지구의 입장을 대변해 주지 않는다면 과연 누가 그렇게 해주겠는가? 인류의 생존 문제를 우리 자신이 걱정하지 않는다면 우리 대신 누가 이 문제를 해결해 줄 수 있단 말인가?

_칼 세이건, 『코스모스』에서

잠시, 따뜻한 정전

더 맛있는 일상을 꺼내놓아야 할 것 같은 주말과 공휴일. 늘어지게 쉬고 싶다는 생각의 뒤편엔 다른 시간표를 짜고 싶은 또 다른 우리가 있다. 쉼을 위해 쉼을 계획하며 에너지를 쏟아부었다. 집이 아닌 다른 공간에 있고 싶은 바람. 새로운 풍경과 음식에 취해 재미있는 휴일을 만들고자 했던 들뜬 마음들. 한때 이것을 휴식의 모습이라고 생각했던 것 같다. 펑퍼짐하게 멈추거나 쏘다니며 기분을 부풀리는 것. 무료했다. 함께하는 쉼은 때때로 번잡했고 피로감이 몰려들었다. 어느 것도 다시 돌아온 월요일 아침이 썩 유쾌하지 않았다.

쉼은 삶의 연료다. 생생한 불꽃이 되기 위해 의식적인 시간의 조율이 필요하다. 조율이란 시간의 줄을 내가 가지고 그 줄 속에서 편안하고 지속적인 리듬을 찾아가는 진화의 몸짓은 아닐는지.

삼 년 전부터 휴식의 풍경을 바꿨다. 일요일이면 어스름한 새벽, 베란다에 나간다. 침상으로 쓰던 나무 평상에 앉아 잠이 덜 깬 바다를 마주한다. 등대만 깜빡깜빡 부지런하다. 불 꺼진 무대 같다. 관객도 없고 대사도 없다. 화로에 참숯을 피워 찻물을 올린다. 고요히 끓어오르는 붉은 바다로 평상이 따뜻해진다. 찻물을 끓이며 침전. 찻물 소리를 곁에 두면 일상의 음정이 낮아진다. 투정 섞인 밥도 지루했던 회의 시간도 친구와 코드가 달라 열을 올렸던 대화도 달랑거리는 통장 잔액도 뭉실뭉실 증기가 된다. 엉키고 날 세웠던 생각들이 느슨하게 풀어져 말랑말랑해진다. 찻물 끓는 소리가 튜닝기인 셈이다.

마음을 돌린다. 팽팽함과 헐렁함을 감지하여 조금씩 풀고 조인다. 감당할 만큼의 적당함으로 끊어지지 않게 벗어나지 않게. 어둠을 헤치고 떠오르는 태양, 숯불의 따뜻함, 맑은 차 한 잔이 고요 속으로 불려 나와 나를 온전하게 한다. 고요는 주변을 잊는 것이다. 밖으로 향했던 시선을 끄고 내면의 불을 밝혀 몸과 마음을 토닥이는 일이다.

지구촌 한 등 끄기 운동을 한 적이 있었다. 저녁 8시 30분에 시작해서 삼십 분 동안 불을 껐다. 처음 며칠은 어둠에 적응이 되지 않았다. 몇 번은 텔레비전에 이불을 씌워놓기도 하고 촛불을 밝히기도 했다. 며칠이 지나자 식구 모두의 숨소리가 잘 들렸다. 벽에 발바닥을 붙이고 누워 우리들만의 이야기를 시작했다. 아무도 딴짓을 하지 않아 귀를 세울 필요가 없었다. 어둠이 감싸주기라도 할 것처럼 비밀 이야기도 털어놓았다. 캄캄한 지구가 웃고 있을 것이라는 상상, 세계인이 불을 껐으니 절약되는 에너지는 모았다가 기부해야 한다는 생각, 지구의 온도가 낮아져 빙하를 더 오래 볼 수 있으리라는 기대까지. 비록 강제적 캠페인이긴 했지만 우리는 초록 지구인이 된 것 같아 의기양양했다. 전 인류가 연대해 지구를 살리는 거대한 삼십 분이었다.

전국적인 행사가 아니라 아쉬웠지만 2023년 4월 22일 지구의 날 정각 8시에도 몇몇 도시와 서울 남산타워, 부산 광안대교의 불이 꺼졌다. 우리 집도 뜨거워진 지구에게 10분간의 휴식 주기 캠페인에 참여했다. 환경부에 따르면 백만 가구가 10분만 소등하면 44,000kw의 전기를 절약하고 45,000kg의 이산화탄소 감축 효과를 볼 수 있다 한다.

백열등을 켰다. 지구에 반짝 다시 불이 들어왔다. 깜깜한 거실에 오렌지 불빛이 내린다. 테이블에 앉았다. 사뭇 청량해진 밤바다와 마주 앉아 심호흡을 한다. 지구의 거칠었던 숨소리도 제자리를 찾아가는 중이리라. 멀리 등대가 깜빡인다. 경계를 쓱쓱 지

우는 어둠처럼, 한순간을 앗아가는 음악처럼, 우리에게도 지구에
도 '쉼'은 잠시 따뜻한 정전이다. 다시 환한 일상으로 돌아온다.

12월 내내 첫 눈을 기다렸다.
꿈에서도 내리지 않는 함박눈,
부산의 하늘은 눈을 모르는 걸까?
기다리던 하얀 손님은 듀밍웨이
선생님이 되어 왔다. 눈보다 훨씬
반갑고 몹시 뵙고 싶었던 선생님.
빨강 재킷에 초록 목도리, 크리스마스
기분을 내셨다.
『만나고 싶은 사람은 만나게 되어 있다』
정말이다 !!

행복을 위해서는 얼마나 사소한 것으로 족한 것인가!

　문자 그대로 가장 작은 것, 가장 조용한 것, 가장 가벼운 것, 도마뱀이 기어가는 것, 한 숨결, 한 찰나, 한순간, 이런 근소한 것이 최선의 행복을 이룬다. 조용히 하라. 무슨 일이 일어났는가? 조용히 하라! 그것이 나를 쏜다. 아아, 심장을 쏜다! 오 찢어져라, 찢어져라, 나의 심장이여, 이러한 행복을 맛본 후에 이렇게 찢긴 연후에!

_니체, 『짜라투스트라는 이렇게 말했다』에서

영혼의 깜빡임

정태규 작가의 병상 일기를 두 번 읽었다. 신문에서 한 번, 지인으로부터 한 번. 작가의 사연을 들어 알고 있었다. 전해 들은 말보다 작가의 글 속에서 만난 아픔이 훨씬 컸다. 거기다 내겐 병명은 다르지만 비슷한 처지의 학교 선배가 11년째 투병 생활을 하는 터라 책을 덮고 사나흘 말없이 무거운 가슴으로 지냈다. 자신의 죽음을 응시한 채 수천만 번 눈을 깜빡여 써 내려간 그의 글에는 따스함과 인간에 대한 사랑이 넘쳤고 자신의 지난 삶을 낮게 내려놓고 있었다. 삶의 긍정과 희망을 담고 있었지만 모진 운명이었다.

어느 날 갑자기 일상의 사소한 것들을 모조리 빼앗기고 허물거리는 육체를 침대에 누이는 기약 없는 천형을 받을 거라고 어느 누가 상상이나 하겠는가. 어떻게 이 상황을 받아들이고 긍정할 수 있단 말인가! 신이 내린 벌이라고 하기엔 그의 삶은 선생님 으로서도 소설가로서도 아버지로서도 너무나 성실하고 평범했 다. 루게릭병이 그의 몸에서 근육을 서서히 앗아 갔다. 그는 죽음 에 저항하고 죽음과 더불어 살아가고 있지만 정신만큼은 빼앗기 지 않았다. 지금까지도 소설을 쓰고자 하는 작가의 의지, 그리고 지금까지 소설을 써 내고 있는 정신이 그를 밑바닥에서 길어 올 린 것이다. 그의 작품은 분명 누군가를 위로하며 영혼의 근육이 되고 있으니 그의 존재는 영원하리라.

세상의 많은 것에 불만을 토로하며 욕심을 채우기에 바쁜 우 리의 일상은 너무나 사치스럽고 부끄럽다. 작가의 병상 일기를 읽 으며 소소한 일상을 스스로 영위한다는 것이 얼마나 소중한지를 절실히 깨달았고, 내 곁의 가족과 친구의 따뜻한 배려 속에 내 삶 이 온전히 돌아가고 있음에 감사했다.

누군가에게 힘이 된다는 것이 어쩌면 거창한 무엇이 아닐지도 모른다. 말 한마디, 작은 미소, 경쾌한 인사가 우리를 이어준다.

지금 뭘 하고 있나? 아프고 있습니다.(알퐁스 도데)

작가의 오늘은 어쩌면 어제보다 더한 고통으로 내려앉고 있을

지 모른다. 하지만 한계를 안고서도 영혼을 건 도전이 계속되리라는 것을 알기에 감히 그의 새로운 이야기가 세상에 나오기를 기대한다. 그의 곁에서 늘 강한 사람이어야 했을 아내와 가족들의 수고로움에 따뜻한 인사를 건네고 싶다.

새벽부터 거세게 내리던 비가 그쳤다. 하늘은 다시 맑아지고 있다. 그에게 더 이상의 폭우는 내리지 않았으면 하는 바람으로 하늘을 본다. 안구의 근육이 흔들리지 않기를, 그의 맑고 따뜻한 정신이 흐려지지 않기를 기도하며 집을 나선다. 한동안 문병을 가지 못 했던 선배 곁에 오늘만큼은 선배의 어린 왕자가 되어주고 싶다. 선배의 굽은 손이 허락한다면 악수로 체온을 나누고 싶다.

다리는 경계를 흐린다. 그리고 주변의 세계를 불러들인다. 흐릿해진

경계에서 두 세계는 균열하고 갈등하고 갈라서면서도 다시 연결하고 서

로를 내어주고 재차 정립해나간다.

_이승헌, 『essays on architecture』에서

사물의 기지개

나만큼 오래된 것들이 있다. 외할아버지의 네모진 손목시계, 아빠의 폴모리 악단 카세트 테잎, 파리에서 붙여진 엽서, 고등학교 선생님께 받은 사진, 개운죽 열 대, 야마하 업라이트 피아노.

시간의 뒤안길로 밀려들어간 사물은 멈춰있다. 숨바꼭질 놀이를 기다리는 아이처럼 '무궁화 꽃이 피었다'는 이야기와 접선하는 순간, 사물은 움직이기 시작한다. 사람만 생로병사를 겪는 것은 아니다. 사물은 특별한 시간, 특별한 장소, 특별한 사람에게로 회귀함으로써 생명력을 얻는다. 밤바다 달빛을 타고 사뿐히 걸어나와 우리를 부른다.

피아니스트 류이치 사카모토는 소리로 사물을 부른다. 사라지지도 약해지지도 않을 영원의 소리를 채집하러 다닌다. 인간 화석이 묻혔던 호수에서, 알래스카 푸른 빙하에서 근원의 소리를 발견한다. 채집한 소리에 피아노 선율을 입힌다. 후쿠지마 쓰나미에 바다로 빠져 버린 피아노를 건져 올려 연주하기도 했다. 심연의 바다가 조율한 피아노 소리는 낮은 하늘에 마치 구름이 떠다니다 어딘가에 부딪혀 퍼런 멍이 우는 듯한 소리를 냈다. 그는 송장 피아노를 연주하는 느낌이라 했다. 그 후로 피아노 앞에 앉을 때면 물속 검정 피아노를 생각하며 손을 모으게 되었다.

해마를 헤집고 오랜 기억 속 사물이 소환되는 경험은 무심코 만나는 가게 상호에서도 온다. 낯선 장소에서 특별한 장소를 선택하는 방법은 가게 이름을 유심히 보는 것이다. 그러다 딱 끌리는 이름에 멈춘다. 열대 지방의 소나기 '스콜'도, 눈이 흐르는 시내 '설천'도, 지중해 연안 지방에 많다는 붉은 토양 '테라로사'도, 새그런 자주빛 '플럼'도, 복숭아꽃이 날릴 것 같았던 '도화'도 그랬다.

꽃시장을 처음 나간 날 사방천지가 꽃으로 싸여 어느 가게 할 것 없이 똑같아 보였다. 윌슨을 본 순간 발이 저절로 오른쪽을 향했다. 결정적 한방이었다. 망망대해에서 하나뿐인 친구를 떠나보내며 소리쳤던 척의 목소리가 들려 왔다.

"윌슨, 위 일 일 일 쓴." 환청으로 그 꽃집을 자주 가게 되었다. 윌슨은 영화 〈캐스트 어웨이〉에 나왔던 배구공 이름이다. 동네 놀이터에서 만나는 배구공도 윌슨이 되어 말을 건다.

이태 전 12월의 마지막 수요일, 친구와 말다툼으로 마음이 증기를 뿜고 있었다. 머리가 덥다가 가슴이 덥다가 하마터면 입 밖으로 불화살이 나올 뻔했다. 뇌에 뚜껑이 달려 있었더라면 일찌감치 분리시켰을 것이다. 한 줄기 세찬 비를 상상하며 하늘을 보다 '스콜'이라는 간판이 눈에 들어왔다. 코끼리를 타고 바나나 잎을 받쳐 들고 들어서야 할 것 같았다. 스콜에 들어서니 과연 열대 초록 식물들이 기어 다니는 정글같았다. 창가 자리에 앉아 수제 맥주 한 잔을 마시며 여행온 듯한 시원한 착각을 했다.

인간이 어찌해 볼 수 없는 것이 시간이다. 살 수도 팔 수도 저장할 수도 없는 시간을 소환하는 건 기억 속에 간직된 이야기이리라. 그 이야기를 들려주는 사물이리라. 귀를 기울이면 먼 기억이 더블베이스처럼 낮게 깔린다.

지난 시간 함께 생활했던 사물을 부활시키는 방법은 작은 이야기를, 단어 하나를 단추처럼 눌러보는 것이다. 오늘 밤, 충실하고 따뜻한 이야기는 서랍을 열고 우리에게 올 것이다. 박제되어 있던 시간 속 사물이 빗장을 열고 기지개를 켜며 말이다.

팽팽하게 조이기만 하면 능률이 붙지 않는다.

잘 하려다 아주 망치게 된다.

긴장의 몰두도 필요하지만 느긋한 이완도 소중하다.

고무줄은 늘였다 놓았다 해야 탄성이 유지된다.

정신도 때로 이완으로 숨통을 틔워 줘야만 한다.

_정민, 「오직 독서뿐」에서

조율

일요일은 休요일이다. 반복되던 많은 것들을 내버려 두어도 되는 날이다. 내버려 두고 싶은 날이다. 休요일이 마감되기 십오 분 전, 23시 43분 15초가 될 때까지 세수를 하지 않았다. 어제의 유분이 남아 있는 민낯으로 도서관에 들러 백제에 관련된 책을 빌려왔고, 어중간한 시간 텅 빈 분식집에서 점심으로 야채 김밥 한 줄과 쑥갓 올린 우동 한 그릇을 비웠다. 블라인드를 내려놓고 소파에 누워 낮잠을 잤고 한 박자 늦게 하얀 쌀밥을 지어 저녁을 먹었다.

텔레비전 특집 다큐멘터리에서 보여주는 소리도(전라남도 여수시 남면 연도리에 딸린 섬)의 봄에 빠져 여행을 생각했고, 취재 파일 K의 마지막 이슈에선 야근에 시들어 목숨을 던진 두 사람을 보았다. 야근이 발암물질 2위 DDT와 같이 올라와 있었다. 저녁 설

거지를 하면서 '목숨 대신 직장을 버렸으면 좋지 않았을까. 직장을 던졌으면 생명의 줄은 끊어지지 않았을 텐데……' 하다 시간이 갔다. 休요일이 곧 끝난다. 조율이란 이런 것인가 싶다. 시간의 줄 위에서 균형을 잡아가는 것. 팽팽했던 평일의 긴장감은 休요일의 머뭇거림으로 숨을 고른다.

세상을 살아가는 모든 사람들은
상처와 아픔이 있다. 어떤 이유로
인한 것이든 자신이 감당해야 할
몫이다. 그 몫이 있다는 것, 그것이
살아있다는 증거다.
김인중 신부님의 작은 작품에 새겨진
" 지금, 여기에서, 기쁨을 " 잊지말자.
기껍게 받아들임은 나의 의무이자
권리이다.

저 아주머니에게 손이 하나 더 있었으면…

어린아이였던 내가 생각해 낼 수 있었던 소망의 최고치였습니다.

나는 그 뒤 훨씬 철이 들고 난 후에도 가끔 또 하나의 손에 대하여 생

각하는 버릇을 갖고 있었습니다. 3개의 손, 4개의 손, 수많은 손을 가

질 수는 없을까.

짐이 여러 개일 때나 일손이 달릴 때면 자주 그런 상상을 하였습니다.

추운 겨울 아침에 찬물 빨래를 할 때에도 생각이 간절하였습니다. 여벌

의 손 두 개만 있더라도 시린 손을 교대로 찬물에 담글 수 있겠다는 생

각을 하였습니다.

_신영복, 『나무야 나무야』에서

내 손이 내 딸이라

엄마의 밥상은 늘 그득하다. 만찬이다. 여기서 만찬은 멋지게 차려진 한정식의 귀환 그것이 아니다. 어머니의 많은 것이 펼쳐져 있다는 의미다. 식탁 위에 올려진 정갈함, 그릇에 담긴 모양새, 손수 장을 보고 오시는 수고로움, 요리에 들어간 정성, 계절 감각, 이런 것이다. 물론 맛도 더할 나위 없다. 어머니 편을 드는 것이 아니다. 요리를 당신의 즐거움이라 말씀하시는 내공, 팔십 평생 대충은 없는, 흐트러짐 없는 상차림. 그것은 내겐 놀라움이고 대가족을 키운 헌신임을 안다. 가끔, '내 손이 내 딸'이라는 엄마의 노래를 들을 때면 송구하다.

며칠 전 어버이날 가족 외식을 했다. 그날만큼은 저녁을 차려 내고 싶었다. 두서너 가지라도 내 손으로 만든 음식을 엄마처럼 정성껏 그렇게 해야 했다. 마음은 손으로 연결되지 못했다. 결국

붐비는 중국집에 갔다. 간단하고 편한 것을 생각한 얄팍함 때문이었다. 엄마의 손이 되어드리지 못한 딸. 내색은 없으셨지만 섭섭하시지 않으셨을까. 왠지 카네이션 꽃바구니까지 무색했다.

창원 무량사 입구에 천수관음보살이 모셔져 있다. 스물일곱 개의 얼굴, 천 개의 손과 눈을 가진 보살이다. 천 개의 손바닥 하나하나에 눈이 있어 모든 사람의 괴로움을 살피고 천수로 구제하고자 하는 염원을 가지고 있다. 물레방아처럼 돌아가는 손과 눈을 보며 엄마 생각을 하곤 했다. 자식을 위해 늘 거친 약손이 되셨고, 선안(善眼)이 될 수밖에 없었던 엄마.

이 세상 어머니가 천수보살이시다. 생명을 길러내는 어머니의 손과 눈. 그 간절함으로 우리가 있다. 태어나는 그 순간부터 어머니의 손은 자식들 소리에 열리고 닫혔을 것이다. 손가락에 표정을 입힌다면 아마 수천 가지가 나오지 않을까.

어렸을 때 엄마 손가락은 훌륭한 연기자이기도 했다. 우리 네 자매를 앉혀 놓고 손가락 인형극으로 이야기를 들려주셨다. 책 속 주인공을 그려 넣은 면장갑을 끼고 실감나게 목소리 연기를 하셨다. 칭찬받을 일이나 야단 들을 일이 생길 때면 슬쩍 이야기 속에 끼워 넣어 우리를 주인공으로 만들어 주시곤 하셨다. 엄마만의 현명한 방법이셨다. 그렇게 엄마의 두 손에서 우리가 자랐고 조카들도 엄마 손을 거쳤다.

반면 여태 내 손은 이기적이다. 나를 향해 있는 두 손, 나를 매만지는 작은 손, 너무 아꼈다. 손바닥을 펼쳐 밖을 향해 흔들어본다. 긴 여운을 남기는 인사다. 엄마의 DNA가 손에도 있지 않을까. 엄마의 수고로운 손의 자리에 이제 가끔은 내가 있기를, 우리 네 자매가 있기를 바란다.

사랑하는 사람을 위해 바쳐진 손, 타인을 향하는 따뜻한 두 손, 기꺼이 주변 사물을 어루만지는 섬세한 두 손, 밖을 향한 손이 아름답다. 딸의 손은 어머니의 손을 닮아 갈 것이다. 그렇게 세상을 향해, 손에 대한 예의를 다하며 걸어 나갈 것이다. 삶은 손이 만들어 간다.

짐이 무거우면 무거울수록, 우리 삶이 지상에 가까우면 가까울수록,
우리 삶은 보다 생생하고 진실해진다. 반면에 짐이 완전히 없다면 인간
존재는 공기보다 가벼워지고 어디론가 날아가버려, 지상의 존재로부터
멀어진 인간은 겨우 반쯤만 현실적이고 그 움직임은 자유롭다 못해 무
의미해지고 만다. 그렇다면 무엇을 택할까? 묵직함, 아니면 가벼움?

_밀란 쿤데라, 『참을 수 없는 존재의 가벼움』에서

니그씨의 별 한 모금

금요일 저녁 웅성거리는 사람들 사이를 헤집고 청바지, 청자켓에 군청색 체크 목도리를 두른 니그씨가 두리번거리며 걸어온다. 니그씨가 누구던가.

지나갔던 나*1, 스쳐갔던 그*2, 오후 여섯 시 해 질 무렵 비행기를 타고 오던 Baroon, 걷기 대장 Maggy, 모르는 사람들 모두가 니그씨다. 지구별에 도착한 사람들은 낯선 사람들이었다.

이름을 알리는 간판은 연두 쪽에 가까운 카키, 하양 커튼이 묶어져 있는 격자무늬 창에 오렌지빛 조명이 밖을 향해 있다. 니그씨의 별 한 모금은 생맥주가 맛있는 골목길의 첫째 집이다. 낮에 뜨는 별 밤에 뜨는 별을, 가까이 있는 별 멀리 있는 별을, 가벼운 별 무거운 별을, 머물러 있는 별 떠나가는 별을 불러들이는 간이역 별 한 모금. 별에 목마른 이방인 모두 입장 가능하다.

니그씨도 Baroon씨도 Maggy씨도 별을 찾아 들어왔다. 붉은 달빛이 흐르는 방으로 들어갔다. 네모진 방 한구석엔 오십여 권의 책이 들쑥날쑥 쌓여 있다. 겨울의 끝자락과 봄의 시작이 포개어져 두 계절을 이고 있는 삼월의 어둑한 바닥이 차다. 북극성이 그려진 담요, 큰 별 작은 별들이 박혀있는 방석. 한쪽 벽 패브릭 블라인드에 걸려 있는 둥근 모빌. 그 완벽한 동그라미 속에 앉은 작은 새 한 마리. 태양과 가장 가까이 나는 인디언들의 새. 독수리 깃털이 둥근 모빌 아래로 달랑거렸다. 잠시 멈춤. 기도를 올렸다. '독수리의 영혼을 주소서.'

"Hello, Strangers(안녕, 낯선 사람들)!"

니그씨의 별 한 모금에서의 환대는 이렇게 시작한다. 투명한 곡선의 유리잔은 길쭉한 종의 몸체 같았다. 촘촘한 크림을 얹은 듯한 부드러운 별 한 모금씩을 채워 허공으로 부딪힌다. 모르는 너와 안다고 생각하는 자신을 향한 브라보.

"Thanks for coming(와 줘서 고마워)."

웃음을 머금으며 그들의 시선은 일제히 사슴을 향한다. 열 평 남짓한 이곳에서 가장 큰 액자 속에 사슴 한 마리가 살고 있다.

"There is only happiness in the world to love and be loved(세상에서 유일한 행복은 사랑하고 사랑받는 것이다)."

옐로스톤에서 아침 산책 나온 듯한 뿔이 긴 사슴이 말하고 있었다.

니그씨는 별 한 모금을 위해 남해에서 시외버스를 타고 지하철 환승을 두 번씩이나 하고 길을 몰라 택시까지 탔다. 인사를 하며 훅 끼치는 짙은 냄새, 약사발을 코에 들이대는 것 같았다. 종이에 먹이 배이듯 한의원 탕전실에서 여덟 시간 이상 당귀, 감초, 박하, 질경이의 진액을 빼다 보면 오묘한 향기 속에 절여질 것이다. 자신이 있는 곳이 첫 번째 삶이다. 곱슬머리는 가르마 없이 흩날리고 표정이 지워진 얼굴은 검고 붉었다. 손등은 서걱거릴 듯 결이 굵었다. 군데군데 관절이 두드러져 불룩했다. 희미하게 긁혀진 살들이 도장처럼 모여 있었다.

Baroon은 가장 멀고 위험한 땅 시리아에서 날아왔다. 스콜피언스 파병 부대의 장군으로 퇴역했다. 흰 와이셔츠에 버건디 카디건, 면바지에 코가 날렵한 고동색 구두를 신었다. 반듯하고 윤기나는 이마는 그가 걸어 온 삶의 무게를 보여주는 듯 진중했고, 회색 눈은 깊고 안정적이었다.

붉은 조명 아래 앉은 Maggy는 시크한 배우 같았다. 펄럭이는 날개 같은 트렌치코트, 이마를 살짝 덮은 숏비니 털모자, 주머니가 여섯 개나 달린 백팩 지퍼마다 몽당 색연필 액세서리가 달랑거렸다. 호주에서 태어나 런던에서 살고 있다. 그래픽 디자이너인 그녀는 중국인인 아버지를 닮아 보통의 동양인 얼굴에 더 근접했다. 굵은 아이라인은 그녀를 전사처럼 보이게 했고 미루나무처럼 뻗은 그녀는 천장에 닿을 듯했다. 니그씨가 두 번을 나누어 쳐다볼 정도로 높고 높은 하늘 같은 여자. 그녀가 두 손을 뻗자 네모진 탁자가 안겼다.

첫 만남은 이렇게 저물었다. 니그씨들의 겉모양 이야기로 마무리 된 셈이다.

"반짝여라 젊은 날, 반짝여라 내 사랑. 오늘도 수고했어. 내일 또 봐요."

구호처럼 찰랑거리는 마지막 별 한 모금으로 목을 축이고 일어섰다.

*니 : 듣는 이가 친구나 아랫사람일 때 그 사람을 가리키는 이인칭 대명사의 경상도 방언.

*그 : 말하는 이와 듣는 이가 아닌 사람을 가리키는 삼인칭 대명사. 주로 남자를 가리킴.

집에서 가장 사랑스러운 공간은 부엌이다.
식구들이 생명을 먹고 성장하는 곳,
맛과 향이 창조되는 곳이다.
여기서 식구들은 만나고 힘을 얻고
기억을 만든다.
음식은 음악을 안다. 우리는 이 둘의
궁합이 찰떡일 때의 기분을 안다.
부엌을 따뜻하게 가꾸는 사람이라면
좋은 사람임에 틀림이 없다.

하늘을 본다. 하루에도 몇 번씩. 나는 하늘에 보이지 않는 문이 있다고 믿는다. 그 문은 무수한 창을 가지고 있다. 많은 사람들이 문을 여닫고 지나간다. 창을 바라보기만 하는 사람도, 그저 노크만 하는 사람도, 부서 놓고 당황스러워 하는 사람도, 딱 맞는 열쇠를 달라고 기도하고 있을지 모른다. 아주 가끔씩은 다른 창으로 세상을 바라보고 싶어 좁은 문이라도 통과하고픈 것이리라. 그 열쇠는 과연 무엇일까? 델포이의 아폴로 신전에 새겨져 있는 '너 자신을 알라. 어떤 것도 지나치지 않게.' 이 울림이 아닐까.

봄부터 시작한 플라톤과의 데이트는 날마다 흐뭇하였다. 『소크라테스의 변론』을 시작으로 『크리톤』과 『파이돈』을 지나 새벽녘까지 축배를 마셨던 『향연』에 이르기까지 소크라테스는 시종일관 '자신의 영혼을 돌보라'고 말한다. 고요에 들지 못하는, 고독을 곁에 두지 못하는 우리들을 향해 녹슨 목소리를 높인다. 지혜와 진리와 당신 혼의 최선의 상태에 대해서는 관심도 없고 생각조차 하지 않다니 부끄럽지 않느냐고. 가장 중요한 것은 사는 것이 아니라 잘 사는 것, 아름답고 올바르게 사는 것이 아니냐고. 모든 재산을 팔아서 교환해야 할 올바른 동전은 한 가지 '지혜'뿐이라고 말이다.

귀가 당나귀만큼 큰들, 모든 정보가 자본에 박혀 있는 사람들이 귀를 열 것인가. 눈의 방향을 바꿀 것인가. 알 수 없다. 이들이 오히려 이 시대의 소피스트가 되어 허무맹랑한 소리라며 반기를 들지도 모른다. 우리는 여기서 다시 갈등한다. 현실을 따를 것인지, 이상을 따를 것인지를. 어느 쪽에 무게를 실을 것인가. 욕망의 소리를 좇을 것이다.

욕망의 바탕에는 분명 아름다운 것, 좋은 것이 자리하고 있다. 모두 더 아름다워지기 위해, 더 좋은 것을 가지기 위해 애쓴다. 무엇을 위해 인생을 소비하는지, 자신의 에너지를 파먹고 있는지는 생각지도 못한 채 어디론가 끊임없이 달려가고 있다. 진정 아름다움이란 무엇일까. 송도 푸른 바다를 병풍처럼 둘러싸고 있는 고층 아파트 집합을 아름답다고 하지는 않을 것이다. 도로에 넘쳐나는 명품 브랜드 자가용에 반하여 평생을 그것에 목을 매며

사는 인생이 갸륵하여 만족스럽다고 하지는 않을 것이다. 아름답다고는 하지 않을 것이다. 청맹과니가 되어서는 안 된다. 분별력을 잃고 눈뜬 봉사로 살아가서야 되겠는가.

여기서 다시 『향연』에서 말하는 도저히 믿을 수 없는 아름다운 무언가에 대해 말하는 예언자 디오티마를 따라가보자. 그녀는 모든 것 중에서 지혜가 가장 아름다우며, 살만한 가치가 있는 유일한 것을 미(美)라고 했다. 지혜는 늘 있는 것이어서 생성되지도 소멸하지도 않으며 늘어나지도 줄어들지도 않는다. 어느 순간에는 아름답지만 다른 순간에는 아름답지 않은 것도 아니며, 어떤 이들에게는 아름답지만 다른 이들에게는 추해서 여기서는 아름답지만 저기서는 추한 것도 아니다. 언제나 그 자체로서 존재하고 형상이 하나며 다른 아름다운 것들은 모두 그것에 관여하되, 그것들은 생성되거나 소멸하지만 그것 자체는 조금도 늘어나거나 줄어들지 않고 아무 영향도 받지 않는 그런 방식으로 관여한다고 소크라테스에게 말한다.

소크라테스 또한 국가와 가정에 질서를 부여하는 '절제'와 '정의'를 가장 아름다운 지혜로 보는데 누구나 젊어서부터 이런 것들은 혼 안에 잉태하고 있다면 최선의 국가가 탄생할 것이라 말한다. 내면에 품지 않은 빛이 밖으로 나올 리는 없을 터. 아름다운 것을, 아름다운 사람을 찾아야 할 것이다. 아름다운 몸과 아름다운 혼은 아름다운 사람과 접촉하고 사귐으로써 오랫동안 잉태 중이던 덕목을 출산할 것이다. 당신의 혼 안에 잉태하고 있는 것은 무엇인가?

인간의 위대한 정신은 어떻게 탄생하는 것인지에 대한 심오한 고찰이 담긴 책이었다. 플라톤의 스승이었고 연인이었던 소크라테스. 그는 분명 시대를 초월하는 아름다운 사람이었다. 플라톤이 말하는 이데아는 아름다움 자체를 말하며 그것은 욕망의 종점, 지혜의 종점이다.

'나의 스승님이자 연인 소크라테스야말로 진정한 에로스의 화신이시네. 진정한 사랑이 무엇인지 알겠는가. 아름답고 좋은 삶의 태도가 보이는가. 우리 모두는 좋음을 위해 살고 있다네. 그렇지 않은가. 저 높은 곳을 향해 시선을 올려보게. 삶을 꿰뚫는 인식의 전환은 사색과 절제에서 나온다네. 당신의 영혼을 돌보게. 오직 지혜에 대한 사랑, 에로스의 사다리를 타고 한 계단씩 올라가 보도록 하지. 가을이 깊어지니 선생님이 유난히 보고 싶네. 한 잔 하면서 사랑을 논의해보세. 영원히 아름다운 사람, 소크라테스를 위하여, 나 플라톤을 위하여, 그리고 우리를 위하

여. 브라보!'

어느새, 내 곁으로 의자를 바짝 당기며 건배를 권하는 플라
톤의 목소리가 들리는 듯하였다.

나무가 될 수 있는 방법

일전에 이왈종 화백의 〈제주 생활의 중도〉라는 제목의 연작을 보다 나무가 되고 싶다는 생각을 했다. 사람이 어찌 아름드리나무가 되어 새를 앉히고 바람을 쉬게 하고 눈꽃을 피울 수 있으리요만, 한 치의 망설임도 없이 내 소망에 대한 현명한 대답을 주신 이가 있었는데

"그것은 오로지 한 가지 방법으로만 가능해요. 시인이 되면 되지요." 하셨다.

〈이온〉에 따르면 신의 영감은 첫 번째 반지, 시인에게 접속되고 두 번째 반지, 이온과 같은 음유시인에게 전달되며 마지막 반지, 관객에게까지 이어진다. 결국 시를 쓰는 사람도, 시를 읽는 사람도 시인이 되어야만 신의 목소리를 빌어 나온 새로운 "되기"의 언어, 시를 제대로 경험하고 이해할 수 있는 것이다.

어떻게 시인이 된단 말인가? 나무 되기의 꿈을 이루려면 시인처럼 언어의 마술사가 되어야 한다는 뜻이리라. 물구나무를 서서 빨갛고 둥근 열매를 오종종 달고 있는 먼나무 생각에 잠겼다. 팔과 다리는 쭉 뻗어 가지가 되었고, 바닥에 헝클어진 머리카락은 잔뿌리가 되어 흙에서 힘차게 물을 끌어 올린다. 우듬지 잎사귀가 싱그런 숨을 쉰다. 이런 일상어를 압축하고 감각적인 시어로 변환시켜 나무를 잉태시킬 수 있을까. 나무 속으로 걸어 들어갈 수 있을까.

사고의 깊이도 아니 되고 어휘의 부족함도 이루 말할 수 없으니 상상의 날개가 돋을 리 없다. 이런 막막함에 가로막혀 있는데 소크라테스는 "시인은 신으로부터 영감을 받은 첫 번째 반지"라 설파하니 부럽지 않을 수 없었다. 운명적 태생, 타고난 것이리라. 플라톤은 이온에서 영감과 기술은 양립할 수 없는 것이라 주장한다. 후천적인 교육과 경험보다 천부적 재능에 손을 들어 주고 있다. 작시에 대한 즉 예술에 대한 소크라테스의 모호한 답변이긴 했지만 시인 각자가 만들어 내는 독특한 세계를 들여다보면 충분한 설득력이 있다. 반지는 저마다 다른 자들이 매달려 영감을 준다 한다.

시인의 언어는 마술사의 주문처럼 신기한 힘이 있다. 언어의 일상적 틀을 깨고 나와 반짝이는 신조어가 되어 우뚝 서 있다. 무엇이 그것을 가능하게 하는 것일까.

"오직 제가 저를 계속 베껴 쓰는 일만은 없기를 바랍니다."라고 허수경 시인은 말했다. 어떻게 매번 시를 쓸 때마다 '새로운 나'가 될 수 있단 말인가. 허 시인은 새로운 삶의 형식을 선택하는 것에 주저하지 않았다. 작은 것들을, 약하고 소리 없이 사라지는 것들을, 녹아 없어지는 것들을 보고 들었다. 새로운 삶을 선택할 수 있는 용기가 있어야 한다. 보고 듣는 것에 섬세해야 하며 신선한 의미를 부여할 줄 알아야 한다. 아픈 가슴 또한 필요하다.

문득, 일상을 새롭게 흔들고 싶다면, 다른 무엇이 되는 꿈을 꾸고 싶다면 자신이 가진 언어를 돌아보고 새로이 벼려야 하리라. 시를 곁에 두고 읽고 쓰자. 가볍고 날개 달린 신성한 존재의 세계에 빠져보자. 어느 날 신의 영감을 받는 첫 번째 반지가 되는 영광을 누릴지 어찌 알겠는가.

삶의 의미보다 오늘을 더 사랑하라

현충일에 올리베따노 수녀원 언덕 방에서 특별한 분을 만났다. 휠체어는 그분의 다리를 대신한 날개 같았고 책상 위 바이올린은 나비를 연상하게 했다. 첫 곡 '사랑의 인사' 바이올린 선율로 인사하셨다.

세상에 태어나 자신의 두 발로 한 번도 걸어보지 못했고 자신의 힘과 의지로 삶을 계획하고 꿈을 꾸기엔 가난과 절망이 전부였던 소년이었다. 만남의 축복으로 바이올린을 배웠고 또 다른 분의 후원으로 미국에서 박사과정까지 마치게 된다. 소년의 어두웠던 인생은 음악으로 완전히 달라졌다. 현재는 라이트주립대학교 음악대학 종신교수로 음악으로 나눔을 실천하시고 희망을 전파하신다. 무엇이 그것을 가능하게 했을까? 눈앞에 지휘자를 보고 있으면서도 그분 인생 기적이 믿기지 않았다. 가장 약한 때에 가장 강하게 그의 손을 잡아 준 사람들, 신의 뜻이었을까.

"앞으로의 꿈은 없습니다. 지금까지 그랬던 것처럼 하루하루 저에게 주어지는 일을 최선을 다해 해낼 것입니다. 오늘이 전부입니다."

앞으로의 꿈을 여쭈었을 때 그는 오늘과 최선에 방점을 찍으셨다.

하루를 맞고 하루를 닫으며 무수한 오늘과 이별하였다. 시간은 흐른다. 몇 번의 생을 살 수 있다 하여도 오늘은 오직 한 번 오늘뿐이다. 결코 같은 오늘과 두 번 사랑의 인사를 나눌 수 없다. 삶의 의미를 도마에 올려 예리한 칼로 잘라보아도 손에 잡히는 것은 없다. 반복되는 오늘이, 반복되는 밥벌이가 고단하고 허무한 얼굴이라면 이미 우물에 빠진 게 아닐까. 일상의 궤도에서 탈출하려는 발버둥은 제자리 뛰기 같은 것이다. 삶의 높이를 훌쩍 바꾸는 건 꿈에서나 가능하다.

삶의 의미가 밖에만 있다면 자신을 어떻게 지탱한다는 말인가? 밖의 것은 중압적인 이빨을 갖고 있다. 변화도 빠르다. 욕망의 탑은 끊임없이 올라간다. 소유의 삶은 끝나는 법이 없으니 이빨에 물려선 안 된다.

오늘은 평생의 연인이다. 일상을 충실히 살아내고 있다면 오늘의 행동이 쌓여 생의 의미는 선물처럼 오리라. 미래의 불안은 내일의 자리에 환한 오늘이 들어가기를 반복할 때 사라질 것이다.

부디 가장 소중한 오늘을 먼저 돌보기를, 가장 소중한 자신을 먼저 돌아보기를, 오늘을 새롭게 시작하기를, 오늘이라는 설렘에 집중하기를.

3부

삶의 변주와 리듬

홀로 앉아 금(琴)을 타고 홀로 잔을 들어 자주 마시니

거문고 소리는 이미 내 귀를 거스르지 않고

술 또한 내 입을 거스르지 않네.

어찌 꼭 지음(知音)을 기다릴 건가.

또한 함께 마실 벗 기다릴 것도 없구료.

뜻에만 맞으면 즐겁다는 말

이 말을 나는 가져보려네.

_이규보, 『적의(適意)』에서

_____ 오늘밤

달이 밝아 시를 따른다. 사발에 담긴 거문고 소리에 취해 탁주
를 마신다. 달빛이 추처럼 흔들린다. 한 잔의 탁주를 더 부어 놓
고 달을 향해 건배를 청한다. 취기가 내려와 목에 빨간 머플러를
두른 듯하다. 알 수 없는 달아오름. 몸이 미지근해지고 목소리가
커진다. 카세트테이프가 풀리듯 긴장이 누그러진다. 속으로 삭였
던 말들이 비좁은 목구멍을 뚫고 쑥 나왔다 들어간다. 스쳐가는
바람에 술기운을 얹어본다.

술맛을 알아야 인생의 참 멋을 안다 했던가. 내 혀가 술맛을
알 리 없고 그렇다면 생의 멋이 깃들 리도 없다. 딱하도다. 기분
좋아 한 잔, 기분 상해 한 잔, 화가 나서 한 잔, 일이 막혀 한 잔, 배
가 고파 한 잔, 그리워 한 잔, 잊고 싶어 한 잔, 친구가 되고 싶어
한 잔. 모든 순간 한 잔이면 풀어지고 녹아들었을 것을 왜 금주

령을 받은 사람처럼 굴었던가.

위에 구멍이 나도록 마셔대는 술고래 친구 통에 놀라기도 하였거니와 이십 대 후반 스스로에게 술을 권하곤 했었는데 영 취향이 붙지 않아 그만두었다. 그때는 가벼운 청량감, 짙은 색에 깊은 맛, 에일*이니 라거니 구별해가며 마셔대곤 했었고 재즈 흐르는 카페에서 데킬라에 라임을 띄워 마시기도 했었다.

정월 대보름, 사진으로 달을 교환하며 친구와 탁주를 마신 적도 있었다. 다시 기억해도 운치 있는 밤이다. '풍류(風流)'아닌가. '바람 따라 흘러감' 얼마나 자연스러운가. 긴장과 진지는 무거워 가라앉는다. 사람도 자연처럼 여유 있게 흘러갈 수 있다면 두보가 말하는 일천 가지 근심은 흩어지리라.

더불어 있을 때도 혼자 있을 때도 작은 즐거움을 간직할 수 있다면 여유가 없지도 감정이 메마르지도 않을 것이다. 방 안 가득 〈Summer time〉 선율을 뿌려본다. 음악을 듣고 자란 식물처럼 음악을 품은 방도 보답한다. 진즉에 부어 놓은 탁주를 마시며 이규보의 『적의』를 읽는다. 새로운 기억을 만드는 중이다.

뜻에만 맞으면 즐겁다는 말, 나도 그 말을 가졌다. 그 기쁨을 말하고 싶어 창을 열어 다시 달을 본다. 시처럼 잔을 들어 여름 밤을 노래한다. 언제쯤 술맛을 알런지, 인생에 참 멋을 더할런지

는 모르겠다. 맛과 멋은 함께 가는 모양이다. 삶의 생기를 얻을
만큼의 맛과 멋, 그것이면 충분하다. 오늘밤 세상은 나와 함께
돈다.

*에일 : 실온에 가까운 온도에서 발효된 것이다. 저온에서 발효시키는
라거 맥주보다 쓰다. 고대 맥주가 처음 만들어졌던 시절부터 전통적인
방법으로 영국에서 가장 많이 양조된다.

오래가 비결이다. 아무 효과가 있는 것 같지 않아도 믿고,

그 하는 일을 유일의 소득으로 알고 그저 계속하는 것이 중요하다.

그것이 도다. 길 가는 밖에 길이 따로 있고 목적이 따로 있는 것이

아니다.

하는 그 마음, 그것이 곧 목적이요 수단이요 하는 자다.

구즉통(久則通)이라. 오래 하면 뚫린다.

_함석헌, 『너 자신을 혁명하라』에서

특기*

기쁨은 자발적이다. 순수하다. 겉에서 오는가 하면 내면에서 오기도 한다. 자유롭게 자기 의지로 하는 것이기에 의미가 생성된다. 스스로 하는 기운이 뻗쳐 있으면 발꿈치에도 무거움이 없고 터럭 끝에도 허전함이 없지만 기운이 죽으면 먹은 밥은 독이 되고 마신 물은 도리어 썩어 고통이 된다고 책의 저자는 말한다. 자신을 혁명하는 첫걸음. 그것은 삶에서 특별한 기쁨을 찾는 것이 아닐까?

"당신은 삶에서 기쁨을 찾았습니까? 특기가 당신의 삶을 어떻게 바꾸었나요?"

"한동안 미쳐 지냈어요. 신이 났죠. 누군가 함께 북을 쳐주진 않았지만. 그건 아무런 문제가 안 됐습니다. 무엇을 하든 거뜬했고 가벼웠거든요. 올바른 일 같았고 무엇보다 재미있었어요. 확신도 있었고요. 처음부터 끝까지 어떤 상황에서도 제가 있었어요.
아침이 기다려졌고 설렜어요. 새로워지고 있었고 조금씩 성장하
고 있었나 봐요. 그땐 아무것도 몰랐지만 지금 생각해보니 충만
감으로 가득했고 빛나는 웃음을 만들어 가던 시간이었어요. 많
은 사람을 만났고 많이 배웠지요. 괜찮다는 걸, 함께하면 나아질
수 있다는 걸, 희망을 보는 법을요. 육 개월이 지나갔고 그렇게
또 삼 년, 십 년. 어느덧 내년 일월이면 이십구 년이네요. 시간이
참, 여기까지 올 줄 몰랐습니다. 한마디로 좋은 시절이었죠. 나의
길을 잘 살아왔구나 싶습니다. 감사하죠."

'나만의 특별한 기쁨'에 대한 이십구 년 후 셀프 인터뷰다. 이
십구 년은 내가 엄마 나이가 될 때까지 남은 시간이다. 아주 오랫
동안 특별한 기쁨으로 해온 일이 없었다. 초등학생 이후로 동행
해 준 일기 쓰기와 메모, 그 기록들이 어느 날 보물 상자 전체라
는 것을 알게 될 때까지는. 흩어져 있는 내 구슬들을 잘 꿰어 볼
참이다. 읽고 쓰는 사람, 존재의 전부 아닌가. 기록은 순간순간 삶
의 시·공간을 넘어 이야기 옷을 입는다. 자신을 만나고 타인을
만나며 세계를 만나는 연필을 가지는 작업. 이 특기*만큼은 긴 동
행의 길에 함께하고 싶다. 언젠가 나눠주는 기쁨을 만날 때까지.
그 이상을 넘어 날개가 솟을 때까지.

영화 버킷리스트 대사가 떠오른다.

"천국에 들어가려면 두 가지 질문에 답해야 한다는군. 하나는 인생에서 기쁨을 찾았는가? 다른 하나는 당신의 인생이 다른 사람들을 기쁘게 해주었는가?"

*특기 : 국어사전에서 말하는 남과 다른 특별한 재능이나 기술이란 의미가 아니다. 세바시 강연자가 말하는 '나만의 특별한 기쁨', '세상과 나눌 수 있는 특별한 기쁨'이란 뜻이다.

나를 이 어둠 속에 묻어두는 것도 나이고,

나를 그 밖으로 끄집어 내는 것도 나이다.

이후 평생 동안 나는 독한 마음먹고

나를 둘러싸고 있는 어둠 밖으로 끌어내리려고

분투하고 또 분투했다.

오늘의 나를 있게 한 것은 그 분투였으리라.

_한승원, 『꽃을 꺾어 집으로 돌아오다』에서

일어나

세상의 잣대를 들이대는 순간 자신감이 떨어졌다. 도대체 버거움의 정체는 무엇인가. 어제의 생각을 잠재웠던 엉클어진 불면. 정오에 눈을 떴다. 잠은 덜 깼으나 삶이 전반전을 넘었음은 분명히 인식했다. 심장에 이상이 왔을 때, 나는 출구를 찾고 있었다.

손을 뻗어 e-book 리더기를 켠다. 건조한 남자 목소리가 리듬감 없이 『타이탄의 도구』를 읽어준다. 거인의 도구라! 거인이 되고 싶은 걸까. 타고난 능력 이상의 큰 사람이 되는 것이 성공인가. 정오의 햇살에 눈을 가리며 생각한다.

'필요한 도구는 아주 사소해. 습관, 반복되는 습관, 의식적인 습관이 열쇠야. 마이크로, 마이크로, 마이크로가 매크로, 매크로, 매크로 하게 변할 때까지.'

지평선은 항상 '저기'에 자리하고 있을 뿐, 결코 여기에 도달하지 않는다. '저기'에 도달하기 위한 노력은 항상 '여기'를 벗어나지 못한다. 그래서 욕망하는 사람들의 좌표는 언제나 아직 여기, 고작 여기, 겨우 여기이다. 그러나 '저기'를 욕망하는 사이 자신도 모르게 설정했던 숱한 '저기'를 이미 넘어선 상태이기도 하다는 것을. 질기게 '여기'로 따라붙는 결핍감이 결국 또 다른 '저기'의 생성물을 만들어 낸다는 들뢰즈. 나의 '저기'는 너무 먼 곳에 있었을까.

마음의 발전기는 왜 어두워졌을까. 호주 중부, 세계에서 가장 큰 바위 울룰루. 지구의 붉은 배꼽을 상상하며 명상한다. '그늘을 지난 땅'이라는 뜻처럼 어둠에서 빠져나오는 연습을 한다. '무엇인가를, 무엇이라도 하고 싶다'는 생각을 말로 내뱉는다. 순간 가능성이 있다. 발전기를 돌릴 힘, 삶의 틈새를 열어 줄 코드는 강력한 마음의 태도, 자신에 대한 확고한 믿음이리라. 욕망의 기본은 자신을 긍정하는 것이다. 욕망하고 싶은 공간에서 욕망하는 것이다. 머무르고 싶은 공간에서 하고자 하는 일을 그저 하는 것이다.

다육식물 호야가 며칠 전, 칠 년 만에 별 모양의 분홍 꽃을 피웠을 때 기적을 보았다. 기다림, 버팀, 이겨냄 그리고 환희. 식물의 욕망은 무엇일까. 초록 잎을 뻗고 꽃을 피우고 다시 씨앗으로 돌아가는 순환. 베란다 화단에 오후 햇살이 쏟아진다. 베고니아는 맘껏 빛 샤워를 한다. 광합성의 시간. 이산화탄소를 붙잡고 물을 끌어다 자가 발전, 양식을 만든다.

음력 그믐사리 밀물이 가득 밀려오던 한밤중에 저자는 광막한 바다에서 홀로 목선의 노를 젓는다. 뱃머리의 방향도 가늠할 수 없고 그 누구에게 물을 수도, 의지할 수도 없는 참담한 상황이었다. 마녀 같은 밤바다에서 기어이 살아내야 한다는 일념, 볏짐 가득 실은 배를 실수 없이 목적지까지 저어 가야 한다는 생각으로 팔이 뻐드러져 나가도록 노를 젓는다. 그때 생각한다. '나를 이 어둠 속에 묻어두는 것도 나이고, 나를 그 밖으로 *끄*집어내는 것도 나이다.'

미로에서 빠져나와 욕망의 출구에서 서성거리던 나도 같은 생각이다. 거기에 덧붙인다. 나의 희망이 적도의 햇살처럼 뜨겁게 이글거리길. 어디로든 뻗어 나가 결단력과 활기로 긍정의 불씨를 붙이는 사람이 되길.

다른 사람과 자신을 비교하진 마시오. 가령 자연이 당신을 박쥐로

만들었다면 타조가 되려고 애쓰지 말란 말이오. 당신은 번번이 자기를

별난 사람이라고 생각하고 보통 사람과 다르다며 자신을 자책하고 있

소. 그런 생각을 버리시오. 불을 들여다보고, 흘러가는 구름을 보시오.

그래서 어떤 예감이 당신을 찾아들고 당신의 영혼 속에서 어떤 목소리

가 들리기 시작하면 그것들에 당신의 몸을 맡기시오. 그것이 선생님이

나 아버지, 혹은 하나님의 뜻과 일치하는지를, 그들의 마음에 드는지를

맨 먼저 묻지 마시오! 그런 물음이 사람을 망치는 거요. 그렇게 함으로

써 사람들은 안전하게 인도로 걸으면서 화석이 되고 마는 거요. 이봐

요. 싱클레어. 우리의 신은 아브락삭스요. 그는 신인 동시에 악마지요.

그는 자신의 내부에 밝은 세계와 어두운 세계를 동시에 지니고 있소. 아

브락사스는 당신의 생각이나 꿈에 대해 어떤 이의도 제기하지 않을 것이

오. 그것을 결코 잊지 마시오. 그러나 만약 당신이 흠잡을 데 없이 모범적

인 평범한 사람이 되어 버리면 그는 당신을 버릴 것이오. 당신을 버리고

는 자기의 사상을 요리하기 위한 새로운 그릇을 찾아가고 말 것이오.

_헤르만 헤세, 『데미안』에서

26.5 시그너처

'먼 훗날 쓰일 것이다.' 무명천에 수를 놓듯 과장님은 매일 서명 연습을 하셨다. 글씨체를 바꾸고 선의 굵기를 조정해가며 그림 문자 탄생에 그야말로 심혈을 기울이셨다. 오랫동안 그 당연하지 않은 시간이 과히 이름 석 자에 어울리는 서명을 찾게 했다. 적어도 내겐 그리 보였다. 문득 과장님이 떠오른 건 점심시간에 들른 카페 메뉴 때문이었다. '26.5 시그너처' 한 잔을 주문했다. 카페를 운영하는 청년 두 사람 나이가 이십육 하고 반이며 대표 음료는 진하고 달콤한 라떼였다. 카페 26.5, 뜻을 알고 나니 이름에서 풋풋한 생기가 돌고 시작을 새긴 숫자가 아름답게 다가왔다.

한 달 전 공무원 시험이 치러졌다. 2030세대 10명 중 4명이 기약 없는 시험을 준비하고 직장인도 30퍼센트 이상 매년 공무원 시험에 매달린다는 보도다. 일자리가 부족하다. 평균수명은 길어지고 직장 정년은 그에 비하면 턱없이 짧다. 공무원의 안정성과 연금, 매력적이긴 하다. 그러나 1퍼센트의 합격을 위해 숱한 청년이 한 곳만 해바라기처럼 바라보는 현실은 역동적이지 못하다. 창의적인 자신의 길을 찾지 못하고 대학 4년을 갇힌 지식을 외느라 진을 빼고 있다. 이젠 스스로 새로운 직업을 만들어 내야 하는 창직(創職)의 시대인지도 모른다. 그러기에 자신만의 개성, 시그너처가 필요하다.

시그너처(signature)는 서명과 특징이란 의미를 지닌 단어다. 한 사람을 대표하는 독창적인 기술이고 자신을 드러내는 기호다. 브랜드 가전의 정체성을 상징하는 특정한 모델이다. 자기소개인 셈이다. 소속이나 나이를 말하는 흔한 자기소개 대신 좋아하는 일이나 관심 있는 사물, 독특한 취향으로 자신을 시그너처 해보는 건 어떨까.

우리가 열광하는 작가나 화가, 영화감독은 시그너처가 확실하다. 한 세계의 창조와 다름없다. 디자이너에게 시그너처란 단순히 멋들어진 사인이 아니라 자신의 분신이자 생명, 정신이 깃든 혼이라는 트렌드 분석가의 말 그대로다.

한 마을이나 도시도 마찬가지일 것이다. 이곳과 저곳이 같다면 다른 향기를 가지고 있지 않다면 굳이 길을 떠나겠다고 마음먹지 않을 것이다. 떠나온 도시가 그립다면 분명 그곳만이 간직한 풍경이 있으리라. 어떠한 특성으로 인식되는 바닷가, 기차역, 사람들의 표정, 야경, 재래시장, 공항, 샐러드, 더위나 습도. 소리와 먼지, 날씨까지도. 그래서일까. 이국적이고 낯선 독특함과 결합하는 도시는 특별하다.

변화가 빠른 세상이다. 그 변화가 일률적으로 달려가지 않았으면 한다. 도시의 마천루는 스카이라인을 잠식하고 광장을 앗아간다. 쌍둥이가 되어가는 도시는 멋은 고사하고 흥미롭지 않다. 모든 곳에서 파는 음식은 아무 음식이 아닐 수도 있다. 여러 곳에서 구매할 수 있는 기념품은 이미 기념품임을 포기한 것이 아닌가. 유일하고 독특한 무엇은 유혹이다. 개인도 마을도 도시도 오래된 시그너처를 간직하기를. 아직 없다면 찾아볼 일이다. 탄생의 기쁨으로 만들어 볼 일이다.

내 마음에 크레타의 시골 풍경은 잘 다듬은 산문, 단정한 어순, 절도 있는 표현, 군더더기 수식을 피한 강력하고도 절제된 산문 같다는 생각이 들었다. 이런 산문은 필요한 모든 것을 극히 절제된 언어로 표현하는 법이다. 여기엔 경박한 데도, 작위적인 구석도 없다. 표현해야 할 것은 위엄 있게 표현하지만 엄격한 행간에서는 의외의 감성과 애정을 느낄 수 있다. 계곡에서는 레몬 나무와 오렌지 나무가 대기를 향내로 물들였고 바다의 광막한 넓이에서는 무궁한 시구가 흘러나왔다.

　　크레타……. 나는 나직이 불러 보았다. ……크레타……. 내 가슴이 두근거리기 시작했다.

_니코스 카잔차키스, 『그리스인 조르바』에서

아지트

  물고기에 이끌려, 담벼락에 매달린 자전거 바퀴에 이끌려, 그렇게 그곳에 갔었다. 호세 마르티의 노랑 숲을 지나 계단을 밟고 문 앞에서 환대하는 붉은 물고기의 아가미를 열어젖히고 발을 넣었다. 흰 벽은 유영하는 목어로 가득했다. 한 방향으로, 그 어딘가 모를 아득한 곳으로 함께 가고 있어 안도감이 들었다.

  바다를 깎은 나무 비늘들. 외자 이름을 가진 물고기가 신비로웠다. 입 맞추고 있는 현(玄)과 광(狂). 지(知)의 꼬리를 밀어주는 심(深). 꼬리의 방향을 바꾼 졸(拙)과 동(動). 샛강을 벗어나 너른 대양을 향해 어디론가 가고 있는 목어들. 그중 하나를 끌어안고 싶은 마음이 들었다. 물살을 거스를 수 있는 것은 움직임이다. 그렇게 안고 온 한 마리의 꿈. 나의 목어 이름은 '비(飛)'. 날고자 하는 깃털은 수백 번의 날갯짓이 필요하리라. 날갯죽지 아래로 바람을 모아야 떠오른다. 어느 날 가볍게 하늘을 나는 飛魚가 되리라.

시작된 발걸음은 때론 가볍고 때론 무거웠다. 생각을 잃어버린 자를 불러 앉히는 큰바람 같은 그곳. 배움의 시간. 모든 것이 있었다. 책장에서 뛰쳐나온 시인과 철학자의 회초리, 소설가와 화가의 아름다운 목소리, 삶이 되고 사랑이 되는 문장들이 떠다녔다. 자신과 혁명하기. 그 투쟁적 단어를 대학 생활 이후로 다시 들었다. 자신의 운명에 껍질을 벗기는 투쟁, 한판 뒤집기를 할 듯한 혁명. 그렇게 나는 아지트에서 헤엄치기 시작했다.

나의 아지트는 글쓰기 공동체, 백년어서원이다. 장소도 사람처럼 궁합이 있나 보다. 겨울 바다에 두고 온 친구처럼 뒤돌아본다. 그리워 다시 간다. 사람은 시간과 장소에 물든다. 중앙동 인쇄 골목에 종이를 사러 나섰던 푸릇한 오월의 우연이, 물고기의 환대가 나를 불러 세웠다. 사계절을 돌고 돌아도 뜨겁고 환한 나의 아지트.

이곳엔 생명을 살리는 바람이 산다. 바람은 자꾸 불어와 귓속말을 한다.

'새롭게 태어나려는 사람은 익숙한 것과 결별해야지.

자신이 속한 구조가 슬픔을 준다면 구조를 해체해야지.

기쁨의 공간에서 새로운 탄생을 꿈꾸어야지.

가슴으로 배우고 함께 나아가야지.'

그리고 호세 마르티*의 강직한 목소리가 있다.

"삶은 매일매일 유용하고 역동적이어야 합니다. 그리고 오늘 날 인간의 첫 번째 의무는 그 시대의 사람이 되는 것입니다. 다른 사람의 이론을 적용하지 않고 그 자신의 고유의 것을 발견해야 합니다."

*호세 마르티 : 쿠바 독립의 아버지. 문학가이자 혁명가.

난 혼자 걷는 것을 좋아한다. 우리는 완전히 다른 것을 떠올린다. 자신만의 리듬, 그날 특유의 리듬은 같지 않다. 혼자 걷노라면 다른 곳에 있는 느낌, 초연해진 느낌이 든다. 그래서 나는 자신만을 위해서 하루를 근사하고 길게 늘여 쓰는 방법을 좋아한다.

_다비드 르 브르통, 『느리게 걷는 즐거움』에서

변주와 리듬

도도 솔솔 라라솔 파파 미미 레레도
도미솔 도미솔 라파라 라파라 솔미솔
도레도시도 도레도시도 솔라솔피솔
도 ~~ 도 ~~ 솔 ~~솔 ~~

단정하고 꾸밈없이 시작된 작은 별은 한 음 한 음 슬며시 머리
와 꼬리를 내민다. 셋으로 왔다 다섯으로 퍼지는가 하면 검은 건
반 하나 툭 건드리고 내려오기도 한다. 한참을 지속하다 오른손
은 왼손으로 바톤을 넘긴다. 다 내어주기가 아쉬워 중심 멜로디
는 남긴 채. 앞서거니 뒤서거니 끌어가고 받쳐주고 세게 혹은 여
리게 간혹 쉬어가기도. 지루할 틈이 없다. 손가락도 귀도 악보 위
총총한 음표들도.

음과 양이 사이좋게 반반 낮과 밤이 같아지는 날, 춘분이다. 성실하기로 말하자면 자연만한 것이 있을까. 기어이 오고야 마는 사계절, 이십사절기가 아닌가. 자연은 핑계가 없다. 순환과 반복, 그 면면한 흐름. 그 와중에 내리는 찬란한 절기와 계절의 변화. 그것은 과하지 않은 변주, 만물의 조화로운 어울림이다.

이처럼 사람도 생활 리듬과 생체 리듬이 있을 터. 시간에 맞추어 리듬을 잘 타야 하루가 평안하고 한 달이 일 년이 무사하지 않을는지. 코로나19로 일상의 리듬이 흐트러진 지 두 달이다. 반복되어야 할 일상이 자리를 잃고 서성대는 사이 게으름과 불안감이 들이닥쳤다. 학생을 잃은 학교, 손님을 잃은 가게, 사라지는 비정규직, 무너지는 경제, 활기를 잃은 도시, 출입국의 통제까지. 이러는 사이 다행히도 사람들 간의 경계는 배려로 전환됐다. 학습 코드도 사람들의 일상도 자발적인 리듬을 찾아가고 있다. 경제적 회복은 더딜 것이나 모든 것은 지나갈 것이다.

이 와중에 배가 고프다. 내 몸의 리듬을 어찌하랴. 창밖을 보니 아파트 옥상 위로 쨍쨍한 봄볕이 앉았다. 작은 별은 아직도 변주 중이다. 비빔밥이 그만이다. 골고루 섞어 먹으면 엉클어진 몸이 리셋 되리라는 야무진 생각을 한다.

생각은 생각일 뿐. 리듬은 역시 움직임의 역동성에서 오는 것이 아닌가. 비빔밥으로 몸에 생기를 넣은 후 운동화 끈을 묶고 집을 나섰다. 거의 한 달, 실내에 갇혀 지냈던 무거운 몸이 탈출을 시도했다. 걷기는 두 발로 누리는 자유며 해방이다. 자연 속으로 나온 두 발이 몸과 정신을 흔들자 정체된 생각은 꼬리를 감추고 몸이 가벼워졌다. 마주치는 길과 풍경에 따라 빨라지고 느려지는 걸음걸음. 몸이여! 다시 리듬을 타라.

안개에 짓눌리고 구름에 뒤덮여

하르쯔는 침울한 표정을 지었다.

세상은 음침하고 음울한 모습으로 나타났다.

그 때 태양이 나타나 미소를 지었다.

그러자 모든 것이 유쾌함과 사랑으로 가득 찼다.

태양은 산비탈을 배회했다.

그리고 그곳에서 그는 평화와 평온 속에서 안식했다,

깊고 행복한 환희 속에서

그리고는 그는 산 꼭대기를 비추고는 산 꼭대기를 배회했다.

그는 산 꼭대기로부터 얼마나 큰 사랑을 받고 있는가!

_쇼펜하우어, 『쇼펜하우어 인생론』에서

명랑 한 입

나른하고 출출한 오후를 막아줄 방패, 맑고 밝은 핫도그, 명랑을 먹었다. 초등학교 앞 문방구점에서 사 먹던 오백 원짜리 핫도그와는 사뭇 달랐다. 이름까지 가진 녀석이 아닌가. 두통약 이름 같은 명랑을 신나게 먹으며 생각은 가을 운동회로 달려갔다.

시월 초 들판에는 곡식이 무르익고 학교 운동장은 아이들의 축제로 떠들썩하다. 만국기가 길게 걸렸다. 짝수 반은 청군, 홀수 반은 백군이다. 하늘색 체육복을 입고 머리띠를 둘렀다. 목청 높여 응원가를 부른다. 결승선을 향한 질주는 뽀얀 흙먼지를 일으키고 알록달록 오자미가 박을 터트린다. 응원하던 아이들은 운동장과 스탠드 계단을 소 떼처럼 몰려다닌다. 친구와 부모님과 함께했던 유쾌한 한마당, 운동회는 소란한 폭풍이었다. 그날만큼은 모두의 얼굴은 흐린 구석 없이 맑고 환했다.

운동회날처럼 하루하루 인생이 즐겁지만은 않을 것이다. 그게 사실이다. 그러나 생각해보면 찌푸린다고 상황이 달라지거나 변하는 것은 아니다. 오히려 거꾸로 달릴 뿐이다. 흐린 구름이 소나기를 뿌리기 전에 막을 생각을 해야하지 않을까. 명랑 핫도그 한 입 같은 자신만의 명랑이 있다면 꾹꾹 눌러지는 기분은 나아지리라.

에바 알머슨은 자신의 작품 〈활짝 핀 꽃〉 앞에서 더할 수 없이 환한 표정으로 "좋아하는 일을 최우선으로 삼고 나머지 일은 순서를 정리하세요. 욕심내지 말고 좋아하는 일에 몰두하면 누구나 평온한 얼굴이 되어요."라고 인터뷰했다. 머리카락 한가닥 한 가닥이 방사선 꽃대가 되어 뻗어나간다. 열대의 화려한 꽃들이 머리에 활짝 피어 있다.

청명 무렵 무성하게 돋아나는 쑥은 생명력이 왕성하다. 그렇다. 생명력이 왕성한 사람은 호탕하고 시원스럽다. 즐겁다. 만원인 지하철에서 내려 지상에서 맞는 바람 같은 상쾌함이 있다. 아이의 동그란 웃음 또한 그러하다.

맑고 밝음은 어디서 오는가. 설렘에서 온다. 즐거운 몰두에서 온다. 커다란 웃음에서 온다. 발랄하고 유쾌한 '명랑'은 분명 생을 반짝반짝 닦아 윤기를 더할 것이다. 인생 디톡스를 원한다면 거침없이 명랑 한 입을 당당히 권하겠다. 팔짱을 끼고 시냇물 졸졸 흐르는 숲속을 거닐고 오겠다. 팬지꽃에 물을 주겠다. 큰 소리로 '오 솔레 미오' 한 소절을 불러보겠다. 초등학교 운동장 한 바퀴를 전력 질주로 달려보겠다. 그런 다음 바람에 땀을 식히리라.

멀리 뎅그렁뎅그렁 청동 종이 울린다. 명랑이 땡땡 퍼져 나간다. 맑고 밝고 싱그럽기를.

나는 〈꿈을 만드는 키스〉를 좋아하는데, 〈블루베리 힐〉 또한 잊을
수 없는 작품이기도 하다.

루이의 노래를 듣고 있으면 정말이지 모든 걸 다 잊고 "정말 세상이
란 이토록 아름다울 수 있구나!" 하는 막연한 몽상에 젖게 된다.

과연 우리 시대에 그가 꿈꾸었던 '멋진 세상'이 이루어질 수 있을까?

_이종학, 『재즈 속으로』에서

소리상자

놀이터 그네에 앉았다. 앞뒤로 흔들리던 몸이 뜬다. 초승달 모퉁이에 귀가 걸리는 건 드뷔시가 뿌려주는 피아노곡 '달빛' 때문이다. KBS FM 실황 음악과 동네 한 바퀴. 길어진다. 불멸의 여인에게 치닫는 베토벤의 '열정'이 숨 쉴 새도 없이 쏟아졌다. 브라보!

내 기억 속 음악은 큰언니 몰래 피아노 학원을 따라다녔던 여섯 살의 설렘, 합창대회 지휘자로 떨렸던 무대, 미사 시간 오르간 소리, 음악 감상실 '마술피리'와 '무아', 스위스 라디오 클래식을 듣는 시간이었다. 88개 건반이 만드는 아름다운 피아노 선율이었고 입을 모아 불렀던 화음이었다. 특별한 공간에서 자신을 잊는 시간임과 동시에 자신을 찾는 시간이었다. 음악이 몸속으로 젖어들었다. 스몄다 울렸고 퍼져나갔다.

소리 없는 세상이 있을까. 사람 목소리도, 자연의 소리도, 기계

소리도 지워지고 없다면 암흑의 행성이리라. 생명이 없다는 뜻이니 태양이 있을 리 만무하다. 9·11테러 이후 음악이 줄어들었다는 뉴스를 접한 적이 있는데 그 까닭을 알 만하다. 감정의 골짜기가 깊어져 아픔의 노래도, 희망의 노래도 듣지 못했던 것이다. 내게도 즐거웠던 음악 시간이 사라진 적이 있었다.

침묵의 시간이었다. 나의 소리는 몸의 도구상자에 잠동사니처럼 묻혀 있었다. 목소리를 어떻게 끄집어낼지, 어떤 계절을 노래하면 좋을지 울먹이던 그때 김소월, 김영랑 시집을 소리 내어 읽었다. 그들의 시는 음표를 숨긴 노랫말이 많았다. 목소리는 하나가 아니었다. 시 속 상황에 반응했고 개별적 감정에 공감했다. 일정한 리듬으로 읽으니 노래를 부르는 듯하였다. 말로 다 못한 침묵이 탈출하여 도리어 시로 노래로 날개를 다는 것이 아닐까. 시를 읽고 '사월의 노래'를 부르면서 잃어버린 음악 시간은 "다시 돌아온 사월처럼 생명의 등불을 밝혀 들었다." 노래는 회복하는 자를 위한 것이라던 니체의 말처럼 소리의 진동과 파장이 몸을 살렸다.

'인생 노래'를 부르는 가수들의 무대는 한 편의 연극처럼 그들의 지난날이 풍경처럼 삽입된다. 누구나 자기만의 목소리와 노래가 있다. 우리의 노래가 있다. 노래가 삶을 담아낸다. 삶도 노래를 담는다.

음악과 함께라면 타인과 어울림도, 세상과의 조화도 쉬워지리라. 소리 내어 부른다는 것은 어떠한 상황으로 기운을 모은다. 사랑의 세레나데를 부르고, 그리운 친구를 부르고, 통일을 불러내는 노래가 한 소리로 커지면 원하는 님이 가까이 오지 않을지.

라디오는 계속 돌아간다. 끝나지 않을 노래다. 음악의 날개 위에 머물고 싶다. 연주자들이 던지는 만져질 듯한 음악의 빛을 받고 싶다.

우리가 어린아이였을 때 세상은 마술 같은 일들로 가득했습니다.

그 오래된 느낌을 되살려 조금만 더 즐길 수 있다면 잃어버린 순수함을 되찾을 수 있을 것입니다.

그렇게 하면 나이를 먹어가더라도 마음은 언제나 청춘일 것입니다.

거죽이 늙어가는 건 어쩔 수 없지만, 계속 놀이를 한다면 내면은 여전히 젊은 채로 머물러 있을 것입니다.

_엘리자베스 퀴블러 로스, 『인생수업』에서

생산하는 자

'아무것도 아닌 전부' 결국 인간은 죽는다. 태어남과 동시에 죽음을 향해가고 죽음은 삶으로 다시 흐른다. 이 과정이 '작(作: 짓다, 일어나다, 일으키다)'이다. '작'을 일으키는 기술(techne, 테크네)은 고대 그리스에서 모든 창작을 의미했다. 어떤 사물을 생산하거나 획득하는 모든 기술을 의미했다. 시인(poet)의 어원인 'poietes'도 무엇인가를 만들어 내는 제조자, 창작자의 뜻이다. 인간은 죽어도 제조자, 창작자의 '작'은 남는다.

유형, 무형의 것을 만들어 내는 것이 모두 생산이다. 기술과 예술의 결합이 자유로워진 지금이야말로 테크네가 가장 빛을 발하는 시기인 듯하다. 넘쳐나는 유튜버가 방증이다. 세상의 틀을 벗어나 자신만의 독특한 결과물을 만들어 낸다. 움직이는 유튜브 세상은 재미와 자유, 상상력이 발휘되는 사적이고도 공적인 공간이다.

모두가 테크네, 지금의 예술을 했던 시간이 있었다. 간섭도, 점수도, 서툴다는 핀잔도 없었던 어린 시절. 뿔 달린 머리와 고사리 같은 손가락은 무엇이든 만들어 냈다. 찰흙과 색종이, 해변의 모래가 빚어내는 생산품은 얼마나 기발했던가. 생산하는 인간, 창조하는 인간은 어린이였다. 학교라는 거대한 억지가 아이가 지닌 상상의 뿔을 자른다. 미술 시간 가장 개인적인 표현을 성적으로 줄을 세워 못난이 취급이다.

그러나 인간의 본성은 어느 시점 끈질기게 다시 회복된다. 사브작사브작 우리 안에 죽어있던 예술 아이가 살아난다. 불러내자. 그림으로 영상으로 글로 노래로 악기로, 자연스럽게 자신을 표현하자.

그 표현은 사랑이다. 생산하는 자는 사랑을 품은 사람이다. 내부에서 끊임없이 무엇인가를 끄집어내어 만들어 낸다는 것은 자신을 사랑함과 동시에 세상을 사랑한다는 뜻이리라. 살아가는 유효한 시간이 점점 길어지고 있다. 존재론적 '작'을 생각해본다면 충분한 의미가 있다. 아직 가능성이 있다. 삶을 사랑하여 꺼내놓는 많은 것들. 즐거움이 필요하다. 넘치도록 아름다운 순수. 예술 아이는 투명한 비눗방울을 불며 무지개를 찾으리라. 시간은 아직 충분하다. 이 과정에서 자신도 알지 못했던 새로운 세계가 태어날 수도 있다.

일흔아홉 어머니는 백석 시 필사를 시작하셨다. 북녘땅 방언이 이해하기 어렵다 하시면서도 광살구*, 가즈랑집*, 나주볕*, 고조곤히*, 씨굴씨굴*, 진진초록*의 목소리를 읽고 적으신다. 일상의 틈하나만 벌려도 시가 들어온다. 모방이 창조의 근원 아니던가.

*광살구 : 너무 익어 저절로 떨어지게 된 살구

*가즈랑집 : 가즈랑은 고개 이름, 가즈랑집은 할머니의 택호를 뜻함

*나주볕 : 저녁 햇살

*고조곤히 : 고요히

*씨굴씨굴 : 시끌시끌. 요란한 소리로 떠드는 모양

*진진초록 : 매우 진한 초록 빛깔

나는 늘 두 가지 생각에 사로잡혀 있다. 하나는 물질적인 어려움에 대한 생각이고, 다른 하나는 색에 대한 탐구다. 색채를 통해서 무언가 보여 줄 수 있기를 바라는 것이다.

서로 보완해주는 두 가지 색을 결합함으로써 연인의 사랑을 보여주는 일, 그 색을 혼합하거나 대조를 이루어서 마음의 신비로운 떨림을 표현하는 일, 얼굴을 어두운 배경에 대비되는 밝은 톤의 광채로 빛나게 해서 어떤 사상을 표현하는 일, 별을 그려서 희망을 표현하는 일, 석양을 통해 어떤 사람의 열정을 표현하는 일, 이런 건 결코 눈속임이라 할 수 없다. 실제로 존재하는 걸 표현하는 것이니까. 그렇지 않니.

_반 고흐, 『영혼의 편지』에서

탐구생활

그 집은 경사진 골목 이 층에 있다. 길 양쪽 상가들은 문을 내린 어제 그대로였고 오렌지빛 가로등이 새벽을 밝히고 있다. 파란 네온사인 철학관 '램프'만 이른 기지개를 켠다. 몰려온 사람들은 계단에 앉자 손에 번호표를 쥐고 있다. 그들은 쇠문에 눈을 꽂고 날이 새기를 기다린다. 슬몃슬몃 삶의 고민을 나누던 그들은 아홉 시가 되자 한 명씩 들어갔다.

램프의 요정에게 무엇을 소원하고 털어놓고 가는 걸까. 아쉽고 밀린 해결되지 않은 문제들. 취업을, 결혼을, 고시 패스를, 자식을, 삶의 바구니를, 와르르 쏟아냈겠지. 언제쯤 운이 들어올지. 때를 알고 내리는 좋은 비처럼. 특정 시기라고 믿는 바로 그때 호우가 늦어지면 마음에 가뭄이 든다. 시절이 궁금한 게다.

한 걸음 늦어도 된다. 시절은 외부에서 오지 않는다. 내부에서

만 오는 것도 아니다. 내부와 외부의 접점, 시절 인연이 맞아야 한다. 램프를 자주 문지르다 보면 모든 것이 문제로 보인다. 해결책은 없고 자신도 없다. 모든 것을 망치로 해결하려면 길이 없고 혹 망치를 하나의 용도로만 생각한다면 그 또한 해결책이 없다. 그것이 문제든 걱정이든 인생이 밟아야 할 숙제, 공부다. 삶이라는 공부의 주체는 자기 자신이 되어야 한다.

학창 시절, 늘 숙제가 있었다. 혼자 하기도 하고 언니와 엄마의 도움을 받기도 했다. 이해를 돕고 익숙해지도록 하는 연습쯤으로 여겼다. 알아가는 재미도 있었지만 한편으론 지루하고 힘든 시간이었다. 숙제하면서 책상에 앉는 습관이 붙었던 것 같다.

기억에 남는 숙제는 방학이 시작되면 받았던 학년별 탐구생활이다. 제시하는 상황에 따른 읽기와 실험, 관찰, 생각 쓰기 그런 내용이었다. 탐구생활만큼은 숙제를 할 수 있는 시간이 한 달가량이라 길었다. 혼자 끙끙거렸던 기억이 난다. 그 시간들이 학년을 올라가면서 힘이 되었다.

우리는 언제부터인가 탐구하는 시간이 없다. 내면에 넣어두고 숙고하는 시간을 가지지 않는다. 학자처럼 학문을 파고들어 깊이 연구하는 탐구 정신이 없다. 욕심을 내어 가지려고만 한다. 필요한 것을 조사하여 찾아내거나 얻어내려는, 수고가 들어가는 탐구를 그만둔 것은 아닐까. 수고와 노력의 시간이 탐구다. 진짜 공부의 시작이다. 책으로든 경험으로든 바깥세상이 모두 공부다. 공부는 오랜 관찰 뒤 따라오는 깨달음이다. 작은 것 하나하나 천천히 보고 알아가는 기쁨이다. 공부가 자신감을 가지는 데 일등 공신이라는 것을 어른이 되어 여러 문제를 대하면서 깨달았다.

시절이 궁금할 때는 나의 탐구생활을, 시대의 탐구생활을 펼치자. 진지한 관찰을 바탕으로 자신을 읽고 사회를 읽어나갈 때 길이 보이리라. 탐구는 긴 겨울잠 같은 것인지도 모른다. 소화될 때까지 기다리며 암중모색하기를. 탐구가 램프 속 '지니'일지도 모른다. 탐구를 탐하기를.

"나는 그림을 그려야 한다지 않소. 그리지 않고는 못 배기겠단 말이오. 물에 빠진 사람에게 헤엄을 잘 치고 못 치고가 문제겠소? 우선 헤어나오는 게 중요하지. 그렇지 않으면 빠져 죽어요."

그의 목소리에는 진실한 열정이 담겨 있었다. 나도 모르게 감명을 받았다. 그의 마음속에서 들끓고 있는 어떤 격렬한 힘이 내게도 전해오는 것 같았다. 매우 강렬하고 압도적인 어떤 힘이, 말하자면 저항을 무력하게 하면서 꼼짝할 수 없도록 그를 사로잡고 있음을 느낄 수 있었다. 이해할 수 없었다. 정말이지 그는 악마에게라도 사로잡혀 있는 것만 같았다.

_서머싯 몸, 『달과 6펜스』에서

꿈꾸는 나, 오랜 한 자루

나는 당신이다. 내게 새겨진 당신의 이름은 'Silver kite', 하늘을 휘돌고 있는 방패연. 이건 나의 상상이었지만 당신의 가능성이기도 했다. 새 천 년이 시작될 무렵 하현달이 걸려 있던 어느 날 밤이었다. 나는 특급 우편으로 달려갔고 나와의 교제를 기다리던 당신은 숨 가쁜 사람처럼 잉크를 찾았다. 매끈하고 길쭉한 모자를 벗기고 은빛 몸통에서 생각 주머니를 분리했다. 컨버터로 내게 준 최초의 색깔은 파랑이었다. 심연의 색 파랑. 물결치는 파도가 잠잠해지자 촉을 갈아 끼우며 두께와 촉감을 그어댔다. 그게 시작이었다.

늘 기다렸다. 무슨 일이 일어나기를. 텅 빈 페이지에 주르르 당신을 기록하고 싶었지만 한참 동안의 응시를 멈칫멈칫 바라만 보는 날도 많았다. 당신의 스케줄에 참여하고 일기장에 들어가고 붉은 칸칸의 원고지에도 따라다녔다. 친구에게 안부 엽서를 날릴 때도. A4 한 장과 끙끙거릴 때도 재촉하지 않았다. 사용설명서를 가만히 내밀었을 뿐.

'생각 주머니는 상황에 따라 색깔을 바꾸어 넣을 수 있습니다. 몸통 생각은 액체일 때만 움직입니다. 뚜껑 모자를 제대로 닫아 주십시오.'

연필꽂이에 꽂혀 말라붙은 채로 잉크 한 모금 들이키기를 기다리는 건 끔찍했다. 그래서 더 자주 수다를 떨었다. 따뜻한 관심, 들끓는 분노, 날씨 이야기, 체코 여행 이야기, 그 밖의 사연에 대해. 우리의 사귐은 적극적으로 무언가를 쓰면서부터 견고해졌다. 그렇게 꾹꾹 생각과 공부, 사람들의 흔적을 쌓아나갔다.

당신의 꿈이 조금 자란 덕분에 비밀 수첩 커버로 이사를 했다. 마음을 지키고 생각을 벼리는 수첩의 보초병이 되었다. 신기하게도 순간순간을 메모로 포착해 두는 사람. 쓰는 행위로 삶을 지켜나가는 사람, 나의 당신은 그렇다. 이젠 더 깊은 사귐이 필요하다. 오랜에 제대로 물들면 그렇게 되어가겠지. 꺼내줘. 서서히. 하늘 한번 날고 싶다. 나의 이름처럼.

바람은 내가 탈게. 줄은 당신이 잡아. 팽팽하게 당기고 느슨하게 놓아주고.

p.s. 이젠 당신을 지워봐. 안에서 한 걸음 나와 밖을 향해야 세상과 뜨겁게 맞닿을 수 있지 않을까. 지울수록 커지는, 멀어 질수록 가까워지는 비밀을 알아가길 바라.

_당신의 오랜 한 자루로부터

사물은 많다. 삶의 여정에 하나만 가져갈 수 있다면 무엇이 내 게 남을까? 아끼지 못했던 친구로부터 편지 한 통을 받았다. 아낀 다는 것은 많은 시간을 함께 보낸다는 다른 말이 아닐는지. 다양 한 의미를 생성해 낸다는 뜻일 터. 필기구는 단순한 사물이 아니 다. 연필 정중앙 흑연심은 곧고 바르다. 단단하다. 손으로 연필을 깎으며 생각 심지를 다진다. 만년필의 잉크를 채우며 생각의 깊이 를 조절한다. 연필과 만년필은 가장 아끼고 싶지 않은 물건이다. 과격하게 닳고 낡아지기를. 나의 손과 칼에 베이고 생각에 얼룩 진 잉크에 물들기를.

"산투르를 다룰 줄 알게 되면서 나는 전혀 딴 사람이 되었어요. 기분이 좋지 않을 때나 빈털터리가 될 때는 산투르를 칩니다. 그러면 기운이 생기지요. 내가 산투르를 칠 때는 당신이 말을 걸어도 좋습니다만, 내게 들리지는 않아요. 들린다고 해도 대답을 못해요. 해봐야 소용없어요. 안 되니까……."

"그 이유가 무엇이지요, 조르바?"

"이런 모르시는군. 정열이라는 것이지요. 바로 그게 정열이라는 것이지요."

문이 열렸다. 바다 소리가 다시 카페로 쏟아져 들어왔다. 손발이 얼고 있었다. 나는 구석으로 깊숙이 몸을 웅크리고 외투로 몸을 감쌌다. 나는 그 순간의 행복을 음미했다.

'어디로 간다? 여기서는 좋다만…… 이 행복이 오래 계속 되었으면 좋겠다…….'

나는 이런 생각을 하면서 앞에 선 사나이를 뜯어보았다.

_니코스 카잔차키스, 『그리스인 조르바』에서

피아노포르테(pianoforte)

건반 위의 구도자로 소개되는 피아니스트 백건우는 피아노의 흑건 백건 그 자체였다. 검정 슈트에 하얀 목폴라를 입고 은빛 머리를 한 채 정중하고 엄숙한 표정으로 무대 중앙으로 걸어 나왔다. 그가 동경했다는 러시아, 그 넓고 황량한 대륙을 다 덮을 것 같은 고요, 더블 피아니시모로 선율이 시작됐다. 객석 가득 고요한 두드림이 동심원을 그리며 퍼지기 시작했다. 피아노 선율은 공기와 마찰하여 줄어들고 무대 벽을 통과하면서 너머의 소리가 된다. 너머의 어디쯤에서 소리가 돌아오자 그의 섬세한 손가락은 움직임이 커졌다. 영혼의 소리가 조각될 때까지의 숭고한 연습 시간이 더블 포르테와 겹쳐져 보이기 시작했다. 예술의 전당 공연이 있기 얼마 전 인터뷰에서 그가 한 말이 떠올랐다.

"작품의 완벽함은 없어요. 늘 다르죠. 수십 번을 치면 매번 다른 표정의 작품이 나옵니다. 피아노의 상태도, 연주자도 관객들의 감정도 순간순간 변하고 있죠. 같은 건 아무것도 없어요. 피아노도 생명체예요."

그렇지. 생명체. 모든 것은 생명에의 의지와 자기 이외의 것에 대해 투쟁을 벌인다. 생명은 투쟁을 통하여 진화한다. 생명에의 의지라 함은 살고자 하는 그 개체만의 고유한 의지를 이르는 말일 것이다. 피아노의 의지와 연주자의 의지가 결합되어 아름다운 소리의 의지가 만들어지는 것이 아닐까. 연주자와 피아노가 합일되어 세상에 나온 소리는 청중들을 흔들고 세상의 경계를 무너뜨리기도 한다.

조율사가 말했다.

"전 하는 일이 별로 없어요. 우선 연주될 곡에 가장 알맞은 피아노를 선택합니다. 특정한 피아노를 요구하는 연주자도 계시죠. 첫 번째 조율은 저 같은 조율사들이 합니다. 진짜 조율사는 연주자들이에요. 리허설을 하고 나면 피아노 소리가 달라집니다. 조율사의 손길로는 피아노가 길들여지지 않지만 연주자 손길은 다르죠. 음색의 밸런스가 달라지고 해머의 성질이 조정됩니다."

인생을 걸어가면서도 힘의 조절이 필요하다. 강하게 폭풍처럼 밀어붙일 수만도 없고 여리고 약하게 실바람처럼 나부끼기만 해서도 안 된다. 내 삶의 음반 계단은 어디쯤일까? 저음부에 깔려있다면 한 옥타브 올려야겠다. 화려한 고음부에 머물고 있다면 내려와 보면 어떨까. 가장 아름다운 나만의 곡조를 위해 팔십 여덟 개의 계단을 조합하여 춤을 추리라. 피아노 선율과 공명하여 대화하듯 상념에 빠져 인터미션을 보냈다.

차이콥스키의 피아노 협주곡 1번이 장중하게 시작되었다. 러시아 낭만주의를 지탱하는 향수가 짙게 깔렸다. 아득한 마음의 파동을 끌며 공연장 계단을 내려왔다. 보폭을 넓혔다가 좁혔다. 달렸다가 멈췄다. 피아노의 셈여림을 변화시키듯 다리가 춤을 춘다. 삶의 행진곡은 피아노포르테로 달라지고 조정되리라.

언어는 우리를 포용하고 우리를 넘어선다. 한마디로 우리는 언어 속에서 살고 있다.

언어는 몇몇 요소의 자리를 옮기거나, 몇 가지 음악적인 변화만 주어도 밑동부터 흔들리고 변하게 된다. 게다가 언어는 누군가에 의해서 한 번 말해지면, 그 순간부터 언어 사용자에게 자리를 넘기게 되어 있다.

언어를 사용하기 위해서는 많은 망설임과 생각이 필요하다.

_피에르 쌍소, 『느리게 산다는 것의 의미』에서

짓다

2020 경자년 삼삼 화요일. 방이 어두워지니 저녁 먹을 시간인
가 싶어 부엌을 서성대다 더블 삼엔 삼겹살 핑계를 대며 걸어서
오 분 거리 승승삼겹에 모이라고 핸드폰을 들다 찰지게 날 보는
듯한 엄마표 콩죽 한 사발에 경의를 표하며 마음을 고쳐먹고 커
피포트에 물을 올려놓고 기다리다 제법 괜찮은 동사 '짓다' 생각
으로 죽도 잊고 물도 잊고 노트북 빈 페이지만 두 시간째 쳐다보
고 있다.

짓다가 무엇이관대 밥을 뺏고 물도 뺏고 시간을 앗아갔는지
아직도 모르겠으나 '짓다'가 요구하는 것은 정성과 시간이 충분
조건이라는 개똥철학에 도달했고 그리하여 세상에 짓는 것은
모조리 불러볼 요량이었다. 살면서 가장 많이 짓는 것은 밥일까,
얼굴 표정일까, 집일까. 글을 짓고 약을 짓고 옷을 짓고 복을 짓

고 짝도 짓는다. 한숨지으며 모조리의 한계를 느끼며 급히 마무리 짓는다. 죄는 짓지 말자를 덧붙이며. 보아하니 짓는 행위는 만들어내는 창조가 다반사요 연결과 종결의 의미를 묻고 있기도 하다.

숙제를 마친 듯 일어나 커피 한 잔으로 편두통을 달래고 다시 앉아 담백한 콩죽을 먹을 오늘 저녁만큼은 '짓다'가 삶을 관통하는 키워드란 생각에 갸륵한 가설을 설정했다. '살아가면서 만나는 모든 대상을 정성으로 잘 짓는다면 괜찮은 삶이 될 것이다.'

과학적 가설은 실험을 반복하여 진위를 결정짓는다. 진실로 밝혀지면 잠정적인 학설이 된다. '짓다'의 결론은 어떻게 될 것인가? 굳이 과학적 가설과 비교하자면 삶은 살아가는 순간순간, 반복되는 일상이 실험과정이다. 죽음에 이르러야 삶의 실험 판은 종료된다. 개인의 '짓다'가 모여 한 지역 사회의 지음으로 한 국가의 정체성으로 이어질 것이다.

무엇을 짓고 있는가. 하루 농사를 잘 지었는가.

'짓다'를 곁에 두고 콩죽을 다시 데운다.

"그냥" 그러니까 "그냥"
그냥 아침 산책을 한다.
그냥 책을 읽고
그냥 바닷가에 가곤한다.
그냥 피아노를 치고
그 냥 당신이 좋다.

그러니까 "그냥", "왜"라고 묻지 말기를.
오늘도 많은 것들을 그냥 사랑하기를,
감사하기를.
그냥 이유도 묻지 말기를.

글을 쓰는 데는 누구나 알다시피, 타자기나 여의치 않을 경우 연필 한 자루와 종이 몇 장에 책상과 의자가 있으면 그만이다. 이것들은 내 침실 한 귀퉁이에 죄다 있다. 그런데도 지금 언감생심 작업실까지 욕심 내고 있다.

어쩌면 우두커니 앉아서 뚫어져라 벽만 바라보기 일쑤일지 모른다. 그런데 그런다손 쳐도 나로서는 그리 나쁘지 않았다. 정작 내가 좋아한 것은 작업실이라는 말이 풍기는, 위엄 있고 안온한 분위기였으니까. 그리고 그 뜻을 굳게 세우고 대단한 일을 한다는 그 느낌이었으니까.

_앨리스 먼로, 『행복한 그림자의 춤』에서

코발트블루 스페이스

빈집이 하나 갖고 싶어요. 집이라기보다 그냥 공간이면 돼요. 상하로 길쭉한 마름모의 한 꼭짓점을 땅에 박고 세울 거예요. 코발트블루를 입혀야죠. 꿈꾸는 블루, 차분하게 노래하는 코발트블루. 문을 열고 들어가 볼까요. 천장이 높아요. 긴 사다리가 있네요. 사다리에 오른발을 얹고 올라갑니다. 삼십 번을 세었을까요. 방패같이 둥근 창이 오른쪽으로 밀립니다. 구름이 뭉글뭉글 만들어지고 있군요. 내려와요. 왼쪽 벽은 연두가 먹었네요. 오른쪽은 암벽이군요. 오월의 연두가 뱉어 놓은 자두 같아요. 새금한 과즙을 흘리며 터져버리진 않겠죠. 도전이 눈앞에 있군요. 이곳은 꿈꾸는 모든 이들을 환영합니다. 세상의 파도타기에서 잠시 내려오실래요.

　하양 린넨 원피스를 입은 여자가 살랑살랑 숲길을 걷다 코발트블루 스페이스로 들어옵니다. 손바닥만 한 얼굴에 둥근 눈. 이마 위로 흰 머리카락이 눈에 띄네요. 호기심에 바빠지는 눈과 손. 꿈꾸는 어른입니다. 그녀는 조경사, 매일 나무를 심는답니다. 신축 아파트 조경 일을 맡았다네요. 길게는 여섯 달, 짧게는 한 달 나무가 필요한 곳이면 전국 어디로든 달려간대요. 덕분에 나무와 가장 친한 친구지요. 지금처럼 장마가 지기 시작하면 휴가고요. 코발트블루 스페이스에서 뭘 하냐고요? 노래를 불러요. 나무를 만나기 전 머리를 땋아 다니던 소녀 시절부터 노래를 불렀답니다. 소리를 신게 올리는 허밍이라고 하더군요. 코발트블루가 에델바이스를 노래합니다.

　빗소리와 소녀의 노랫소리는 그치지 않았다. 더블베이스처럼 굵게 깔리는 빗방울 반주를 타고 소녀의 아리아는 공기 중으로 울려 퍼졌다. '사랑에 살고 예술에 살았노라' 너무 소란했던 발산. 못난 소리였지만 구현하는 기쁨, 찬란한 희열이 있었다.

　열흘을 지내다 그녀는 빨간 배롱나무 곁으로 돌아갔다.

✳✳

　두둑한 몸통, 폭신할 것 같은 팔다리를 가진 젊은 남자는 지친 듯 거친 머리카락을 제멋대로 쓸어 올리며 들어옵니다. 길게 숨을 내뱉고 접히고 말렸던 배와 허리를 쭉 폅니다. 목을 젖혀 사다리를 따라 시선을 올리니 햇살 한줄기가 쏟아지네요.

　몸에 붙은 티셔츠, 헐렁한 면바지에 부푼 살들이 뭉치고 늘어진 것 같아요. 그의 첫마디는 "여긴 책상이 없군." 이었어요. 그는 고시생. 매일 책을 본답니다. 삼 년째 책과 책 속을, 또 다른 책과 책 사이를 샅샅이 돌아다니며 분해했다가 묶었다가를 반복했죠. 그가 본 책들을 쌓아 올리면 사다리 높이만 하지 않을까요. 일 년마다 돌아오는 한 번의 기회, 가능성의 시험 날 저녁에만 책상과 이별한대요. 오늘이 그날이군요. 코블스(앞으론 코발트블루 스페이스 이곳을 코블스, 때론 꼬뿔소라고 부르기로 해요. 블루 코블스, 저돌적 코뿔소) 안을 뱅뱅 돕니다. 드디어 발견. 맨발로 암벽을 오르기 시작하는군요. 주르륵주르륵 덩치가 미끄러져 떨어질 줄 알았지요. 웬걸요. 긴꼬리원숭이처럼 순식간에 올라 휘파람을 한바탕 휘휘 불더군요. 알피니스트를 꿈꾸던 모험가였더랍니다.

　그가 머물렀던 다섯 시간 동안 코블스는 휘파람에 싸여 천둥을 내놓았다. 하늘의 준엄한 울림, 천둥. 검은 하늘에 강렬한 섬광

이 물러나자 그는 떠났다.

***

코블스는 한동안 비어 있었다. 장마가 지나가고 기세등등하던 폭염도 한풀 꺾였다. 열대야로 공원이나 강변으로 밤 외출을 하던 사람도 줄었다. 맴맴맴맴매 치이이. 츠츠츠 샤아아아. 수컷 매미만 쉬지 않고 몸통 안의 얇은 막을 고약하게 떨었다. 삼나무 높은 가지에 붙어 파도처럼 암컷에게 보내는 구애의 신호. 휘몰이장단 몰아치듯 뾰족한 드릴로 머릿속을 뚫고 들어올 듯 유난하다. 드르륵 창을 열고 나뭇가지라도 흔들고 싶을 찰나, 약하고 느리게 쉬어가는 소리로 바뀌니 멍하니 섰다가 시멘트같이 희뿌옇게 말라붙어 있던 등껍질이 생각나 애달프다. 지하세계에 육년, 지상 세계에서 한 달이라. 한 달을 위해 육 년을 기다렸던가. 그 반대를 위한 소리침이었던가. 매미 생의 한 사이클이 순환될 때마다 삶과 죽음은 자리를 바꾸고 지구엔 꼿꼿한 가을이 다시 온다.

4부.

춤추듯 반짝이는 작은 행복

선생님은 숨을 내쉬고 눈을 내리 깔았다. 마치 숨이 공중에 퍼지는 모습을 지켜보기라도 하는 것처럼.

"사실, 내 안에는 모든 나이가 다 있네. 난 3살이기도 하고, 5살이기도 하고, 37살이기도 하고, 50살이기도 해. 그 세월을 다 거쳐 왔으니까, 그때가 어떤지 알지. 어린애가 되는 것이 적절할 때는 어린애인 게 즐거워. 또 현명한 노인이 되는 것이 적절할 때는 현명한 어른인 것이 기쁘네. 어떤 나이든 될 수 있다는 것을 생각해보라구. 지금 이 나이에 이르기까지 모든 나이가 다 내 안에 있어. 이해가 되나?"

_미치 앨봄, 『모리와 함께한 화요일』에서

하늘에 던져 버리게

"이제 얼마 남지 않았다는 생각이 들어요. 지금처럼 생각하고 사람들을 만나고 활기차게 다닐 수 있는 시간 말이에요."

후드득 소나기 치던 창가에서 지인이 하던 말이 생각났다. 그때 나는 살아갈 날이 아직 많이 남았다고 말꼬리를 높였다. 팔구십이 되어도 건강한 몸으로 온전한 정신으로 잘 사는 것. 그건 정말 큰 축복을 받아야 가능한 일이라고. 그냥 살아만 있다고 산다고 할 수는 없는 거라 하셨을 때도 그저 웃었다.

며칠 전 정형외과에서 잘 늙으신 의사 선생님을 멀리서 뵙게 되었다. 은발의 할아버지셨지만 늙는지조차 의심스러운 소나무 같았다.

"그 정도 불편함은 다 나이로 오는, 세월이 가져다준 느림이라고 받아들이게. 이젠 속도를 늦추라는 말일세. 그럼 한결 낫지 않겠나. 세월을 이기겠나. 그냥 적응하면서 병도 받아들여야지. 주사로 해결될 건 통증밖에 없어. 근본은 늙어가고 있다는 거야. 하늘에 던져 버리게. 죽고 사는 문제가 아니잖아."

진료실 앞 복도에서 '하늘에 던져 버리게.' 그 말에 나는 진료를 받지 않고 집으로 돌아왔다. 늙음과 죽음은 우주에 던지면 먼지처럼 가벼워진다는 조너선 실버타운, 그가 잠시 다녀간 듯했다. 어깨 통증은 온데간데없고 나는 하늘을 바라보며 우주를 생각했다.

나이 듦은 자연스러운 일이다. 세포가 하나둘 고장 나고 수리하고 약해지고 그러기를 반복하다 전체가 더 이상 수리되지 못하고 작동이 느려진다면, 어찌할 수 없지 않은가. 차분히 받아들이는 수밖에. 사람은 왜 이토록 오래 사는가. 오래 살려 하는가. 빨리 죽는 생명은 왜 그런가. 시들어 흙에 드는 꽃은 아름답다. 아프거나 고장이 나도 병원을 찾는 일은 없다. 그저 뜨겁게 피었다가 조용히 물러난다. 하늘과 땅에 맡긴다.

젊음과 늙음 그 어디쯤을 서성이다 영화 〈벤자민 버튼의 시간은 거꾸로 간다〉가 떠올랐다. 80세의 쭈그렁 외모를 가진 사내아이가 태어난다. 아버지는 아이를 버렸고 양로원에서 자라게 된다. 벤자민은 시간이 지남에 따라 자신이 점점 젊어지고 있다는 사실을 알게 된다. 할머니를 만나러 온 손녀 6살 데이지를 보고 사랑에 빠진다. 시간이 갈수록 벤자민은 젊어지고 데이지는 늙어간다. 그들은 만나고 헤어지기를 반복하며 결혼하지만 벤자민은 딸을 위해 떠난다. 세월이 흘러 벤자민은 치매에 걸린 채 어린 소년의 모습으로 데이지 할머니를 찾아온다. 데이지 품에서 갓난아기가 되어 영원히 잠드는 벤자민. 영화는 막을 내린다.

80세로 태어나 18세를 향해 늙어갈 수만 있다면 인생은 한없이 행복할 거라는 마크 트웨인. 인생의 마지막 순간이 가장 아름다울 나이 18세라니. 슬프고도 매력적인 상상이다. 늙어갈수록 몸에 집착한다면 어쩌면 몸은 감옥이 될지도 모른다. 벤자민처럼 시간의 흐름이 반대 방향인 사람은 없다. 인생의 시계방향이 어떻든 몸만 변하는 건 아니다. 늙어가는 만큼 서서히 늘어나는 것도 있다. 인격은 무르익고 사랑은 완성되어가지 않겠는가.

내가 하고 싶은 말은, 여성이 지킬 자리가 반드시 부엌은 아니라는

점이다. 여성도 어디든 있고 싶은 곳에서 만족스럽게 일해야 한다.

_헬렌 니어링, 『소박한 밥상』에서

봄방학

어느 날 남편은 삼 개월 정도 쉬고 싶다고 했다. 여자의 자리가 반드시 부엌이 아니듯 남자가 지킬 자리도 반드시 직장은 아니다. 가장이라는 멍에를 꼭 남자가 지라는 법도 없다. 책임감이 없다고 생각하지 않았다. 흔쾌히 그야말로 흔쾌히 좋다고 했다. 어떻게 살아갈 것이냐는 기계적인 질문은 하지 않았다. 넉넉한 비상금은 없었지만 다달이 고정적으로 나가는 것은 비상금에서 충당하고 아껴 쓰면 되리라 막연히 낙관했다. 딱히 더 아낄 것이 있나 싶었지만 소박하고 단순한 삶을 실천해보리라 생각했다.

실로 아주 오랜만에 그는 여유로운 시간을 가졌다. 짬짬이 하던 일을 마음껏 하면서 새로운 생활의 리듬을 찾았다. 못다 읽은 책을 보고 달리기를 하고 짧은 여행을 다녔다. 늦봄에서 여름으로 익어가는 계절의 변화를 찬찬히 둘러보며 즐겼다.

식사를 간단히 더 간단히. 이루 말할 수 없을 정도로 간단히 -
빨리, 더 빨리, 이루 말할 수 없이 빨리 - 헬렌은 여기서 아낀 시
간과 에너지는 시를 쓰고 음악을 즐기고 곱게 바느질하는 데 썼
다. 자연과 대화하고 테니스를 치고 친구를 만났다. 생활에서 힘
들고 지겨운 일은 몰아냈다.

자신에게 어떤 일이 고역이라면 진지하게 조정할 필요가 있다.
더 나은 해결책을 찾아 그것을 조율해야 편안한 삶이 된다. 삶은
매 순간 선택이다. 쉼 없는 선택의 길이다. 기회비용과 매몰 비용
만 따지는 건 인간적이지 않다. 물론 현실을 챙기지 않는 맹랑한
생각이 밥을 해결해 주지 않는다. 소설가 김훈은 "밥에는 대책이
없다. 한두 끼를 먹어서 되는 일이 아니라, 죽는 날까지 때가 되
면 반드시 먹어야 한다."라고 밥벌이의 지겨움을 표현했다. 현실에
서 두 발을 떼라는 것이 아니다. 그러나 밥이 삶의 전부는 아니지
않는가.

헬렌처럼 이루 말할 수 없을 정도로 간단히, 작게, 빠르게 해치
워야 할 일을 '밥벌이'라 생각하면 다른 방식으로 삶을 꾸릴 수
있다. 여덟 시간 꼬박 일하는 대신 여섯 시간 정도는 어떨까. 돈
과 시간을 바꾸는 것이다. 하나를 얻기 위해 다른 하나를 줄이기
로 마음먹는다면, 소비를 줄일 수 있다면 집을 줄일 수 있다면, 한

떼기 텃밭을 가꿀 수 있다면, 거기서 나온 푸성귀로 먹거리를 해결한다면, 희망이 보이지 않을까. 줄어든 물질 대신 늘어난 시간으로 자기 일을 즐겁게 할 수 있게 될 것이다. 가치를 실천할 수 있다면 기쁨을 마시리라.

우선 경제적으로 어려워질 것이라는 두려움을 접고, 껍데기 대신 자신만의 알맹이에 손을 내민다면 내면적 삶을 선택할 수 있다. 쉽지 않겠지만 절대 못 할 어려운 일도 아니다. 긴 시간이 허락되지 않는다면 짧은 시간도 나쁘지 않다. 우리는 봄방학이 필요하다.

옷을 짓는 데는 작은 바늘이 필요한 것이니

비록 기다란 창이 있다 해도 소용이 없고

비를 피할 때에도 작은 우산 하나면 충분한 것이니

하늘이 드넓다 하더라도

따로 큰 것을 구할 수고가 필요 없다.

그러므로 작고 하찮다 하여 가볍게 여기지 말지니

그 타고난 바와 생김새에 따라

모두가 다 값진 보배가 되는 것이다.

_조현, 『하늘이 감춘 땅』에서

시큼한 오렌지

재래시장에서 길이와 굵기가 비슷한 다다기 오이를 찾으려 뒤 집고 있었다.

"모양이 고르지가 않네요."

"생물이니 같을 수가 없지요. 공장에서 기계로 찍어내는 것이 아니니까요. 아침에 들어온 거라 싱싱해요."

채소가게 주인아주머니가 웃으면서 말씀하셨다.

그 말을 듣고는 바로, 쌓여 있는 순서대로 오이 열 개를 담았 다. 완두콩 한 자루, 얼갈이배추, 부추, 깻잎, 우엉을 양손에 받아 들었다. 오백 원으로 얼갈이배추를 살 수 있다니, 씨앗을 품어 준 흙이 눈이라도 흘길 것 같았다.

맞다. 생명이니 어찌 같을 수가 있으리. 왜 같은 것을 달라고 했을까. 같음에 대한 모종의 동경인가? 먹거리는 싱싱한 것이 본질이다. 같은 모양으로 반듯한 것이 우선이 아니다. 같지 않음이 당연한 것을. 본질은 뒷전이고 외형을 살피는 게 습관에 밴 것인가 싶었다.

이름이 못난 외형을 거들 때도 있다. 개복숭아, 이름에서 맛이 뚝 떨어진다. 복숭아의 보드라운 껍질을 벗기면 손에 묻어나는 달달한 과즙은 온데간데없다. 선입견을 꽉 박아버린다. 눈길 안 주던 과일이었다. 과거에는 생김새와 텁텁한 맛으로 거의 찾지 않는 과일이었으나 천식, 기관지염 등에 효과가 있다는 것이 알려지면서 인기를 얻고 있다고 한다.

중고차 시장에서 흔히 보이는 불량차는 겉보기에 번지르르하지만 속은 형편없다. 브랜드만 선호하다 된통 당하는 경우도 있다. 달콤한 오렌지인 줄 알고 샀는데 시큼한 레몬일 수가 있는 것이다.

'보기에 좋은 떡이 먹기도 좋다.'라는 말은 옳다. 그러나 틀릴 수도 있다. 물건의 외형이 선택의 우선 기준이 아닐 수도 있다. 디자인이나 포장지에 눈길이 오래 머물면 처음 목적을 벗어날 수 있다. 본질과 쓸모, 물건의 품질이 껍데기에 가려 숨은 그림이 되고 마는 것이다. 온전한 알맹이를 볼 줄 아는 눈은 숨은 그림을 찾으리라.

사람도 그러하다. 겉은 화려하고 속이 비었다면 방향을 바꾸어야 한다. 겉은 수수하게 그렇다고 너무 못나지도 않게. 찐빵 소통단팥처럼 빈속을 채워 알맹이를 맛있게 해야 하지 않을까. 외형에 주눅 들었다면 어깨를 펴자. 지금 이대로 충분하다. 왜 같음에 안도하고 다름에 불안해하는가. 생명은 달라야 맛이다. 제맛을 가져야 멋이 있다. 오렌지는 오렌지대로, 레몬은 레몬대로, 오이는 오이대로, 나는 나대로 너는 너대로. 칼더러 둥글어지기를 바랄 수 없고 축구공에게 탁구공이 되어달라 요구할 수 없다. 세상의 물건도, 사람도 진정한 제 모습일 때 아름답고 편하다.

띄엄띄엄 그 불빛들은 저마다의 양식을 찾아 들에서 반짝이고 있었다. 그중에는 시인의, 교원의, 목수의 불빛 같은 아주 얌전한 것도 있었다. 그러나 이 살아 있는 별들 가운데에는 또한 얼마나 많은 닫혀진 창들이, 꺼진 별들이, 잠든 사람들이 있을 것인가.

서로 맺어지도록 노력해야 한다. 들판에 띄엄띄엄 타오르고 있는 이 불빛들이 어느 것들과 마음이 통하도록 해야 한다.

_생텍쥐페리, 『인간의 대지』에서

어느 날 죽음과 삶이 헷갈리기 시작했다. 누군가가 말하는 죽음은 삶 같았고 누군가의 삶은 죽음보다 못했다. 잘 살고 못 살고를 말하기 전에 기본적으로 최소한의 의식주를 바탕으로 안전이 보장되어야 하리라. 아이라면 더더욱. 아이의 삶이 부모로부터 위협을 당하고 있다면 그건 이미 삶이 아니다. 삶이 지옥이라면 지옥과 분리되어야 진정한 삶이 시작될 것이다.

아홉 살 아이가 작은 여행 가방에 갇혀 결국 죽었다. 누구도 이 아이의 죽음을 바라지는 않았지만 어쩌면 모두가 공범 같아 예정된 죽음으로 다가왔다. 몸을 웅크리고 팔을 접은 채 숨도 못 쉰 아이는 마지막 어떤 생각을 했을까. 눈에도 팔에도 멍 자국이 선명했던 아이. 의붓자식이라 그리했다면, 친아버지는 무엇을 하고 있었는지 물어야 한다. 계모에게는 열다섯, 열한 살 친자식이 있었다고 하니 보고만 있었다면 아이들의 행동도 바르지 못하다. 이웃과 사회, 학교는 무엇을 하고 있었는가. 어느 곳에서도 아이의 비명을 듣지 않았다.

거짓말을 해서 훈육 차원이라고 하나 일곱 시간 정도 방치됐고 그 와중에 계모는 세 시간 외출을 다녀왔고 배설했다는 이유로 계속 다른 가방으로 옮겨 수 시간을 가두었다. 한 달 전 머리가 깨져 응급실에 왔을 때 아이와 부모가 분리되었더라면 죽음만은 피할 수 있었을까. 장기 보호소 부족으로 한 달 뒤 다시 집으로 복귀하는 실정이라니 아이의 안전을 장담할 수 없지만 안타깝기 그지없다.

아홉 살 목숨을 내동댕이친 계모는 오 년을 구형받았다. 아이의 삶과 생명을 짓밟은 악한에게 우리 사회의 법은 어처구니없이 후한 처우를 내렸다. 부모의 징계권 조항을 없애고 체벌 금지를 명시하는 민법 개정을 추진하겠다고 법무부는 임기응변식의 대책을 발표했다. 어떠한 행위가 징계이고 체벌인가. 부모가 아이를 키우면서 불가피하게 야단을 치거나 매를 들 수도 있지 않은가. 법 개정은 그저 상징적인 것이 아닌가. 이것이 진정 위기의 아이를 지키는 법이 될 수는 없다.

장기적인 학대를 넘어 목숨을 잃었다. 꽃으로도 때리지 말아야 할 아이의 몸과 마음에 씻을 수 없는 상처를 남겼다. 가장 사랑받아야 할 부모에게 짐승보다 못한 대접을 받았다. 아무리 계모라 하더라도 절대 할 수 없는, 해서는 안 될 행동이었다. 아이에게 삶이 있었을까. 웃음이 있었을까. 집이 있었을까. 이웃이 있었을까. 국가가 있었을까. 컴컴한 터널 속에 있었다. 누구에게도 도움을 요청할 수 없었던 아이는 얼마나 무서웠을 것이며 어디로 가야 했을까. 아무리 질문을 던져도 답은 들리지 않는다.

생명을 경시하는 사회는 미래가 없다. 극도의 이기주의와 자본주의 팽배가 원인이라면 이쯤에서 브레이크를 밟아야 한다. 경제적 위기에서 빚어진 소외와 불평등이 아이들에게 돌아가서는 곤란하다. 한 가정에서 일어나는 이 같은 사태가 개인만의 문제는 아니다. 애도할 수조차 없는 어른과 사회는 어떻게 해야 하는가.

유월, 태양이 창창하다. 태양의 그늘 밑 올망졸망 새로 돋아난 연두 잎을 보라. 햇빛과 물만으로 생명이 자란다. 우리 아이들이 받아야 할, 생명이 받아야 할 햇빛과 물을 막거나 가로채서는 안 될 것이다. 절실하다. 한 아이를 키우는 데 온 마을이 필요하다. 모두가 아이의 태양이 된다면 작은 가방에서 꺼내달라는 아이의 목소리가 안 들릴 리 없다.

"형아, 맛있는 거 많이 먹어. 거기선 행복해." 천국에 있을 아이에게 보내는 여덟 살 아이의 편지. 인간은 본능적으로 안다. 자신에게 우호적인지 적대적인지. 모든 삶은 어떠한 형태로든 행복할 권리가 있다.

모든 일에 고난은 깊은 풍미를 내게하는
역할을 하지. 그건 겪은 사람만 알지.
그리고 새로운 시절이 와락 도래하기도
하지. 그래서 인생은 재미있는 거지.
늘 같지 않고 말이야. 그대신 알지?
노력하는 정직한 시간이 필요하다는걸.

비우면 편안하다. 배 속을 비우면 육신이 편안하고, 마음을 비우면 정신이 평온하다. 샘을 자주 비워야 맑고 깨끗한 물이 솟아오르고, 마음을 자주 비워야 영혼이 투명하고 맑아진다.

무언가에 대한 집착이 사라졌을 때, 무언가를 얻으려고 하는 마음이 소멸 되었을 때, 더 이상 나에 대한 애착이 존재하지 않게 되었을 때, 우리는 무엇에도 상처받지 않고, 만나는 모든 것에서 아름다움과 감사를 느끼는 환희의 삶을 누리게 될 것이다.

_이석명, 『장자, 나를 깨우다』에서

마음 빨래

우물터에 모인 네 명의 할머니가 넓적하고 기름한 나무 방망이로 빨래를 두들기며 그 장단에 노래를 부른다. 당신들의 칠십 평생 인생 가락이 펼쳐진다. 84세 최고령 할머니가 〈영감아 꼿감아〉* 선창을 떼자 수런수런 합창이 된다. 빨래터는 삶의 무대가 되어 지나가는 발길들을 모은다.

"마음 빨래하는 거여. 두들기고 흔들고 우물물 서너 바가지 주고 나면 시원하게 깨끗해지거든. 쌓이고 찌들고 물든 건 싹 보내야지. 마음 한번 꺼내 씻어봐."

할머니의 검고 질박한 손은 작은 체구와는 달리 유난히 컸다. 손가락 마디마디 관절은 돼지감자처럼 툭툭 불거지고 허리는 호미처럼 굽었으나 주름 사이로 번지는 미소는 맑았다. ebs 다큐 장면이다.

힐링이다. 마음 빨래터에서의 노래는 방망이 장단에 맞춰 서로에게 내려놓는 수다요, 가난한 시절 말 못하고 삼켜야 했던 이야기를 흘려보내는 정화의 공간이다. 흘려보내지 못하면 앙금으로 남는다. 정체된 것은 썩기 마련이다. 지난한 삶의 찌꺼기가 배출되고 지치고 상처 입은 몸과 마음은 정화된다.

지금은 동네 빨래터 물길이 끊어지고 이름뿐인 공간이 되었다. 혼자라도 좋다. 여럿이라면 더욱 좋다. 마음 빨래터에 걸터앉아 수다를 나누고 물길을 따라 마음을 씻어 보내는 상상을 한다. 생각만으로도 자신을 치유하고 고요를 찾을 수 있다. 갖가지 것들로 어두워진 마음을 하얗게 거둘 수 있는 장소가 있다면 삶은 가벼워지리라.

종종 내 마음의 빨래는 삼계탕을 끓이면서 시작된다. 버릴 것이 많아져 무거워진 마음이 삼계탕을 준비하게 만든다. 우둘투둘 껍데기를 입고 있어도 닭은 벗은 느낌이다. 고개 숙인 사람을 닮았다. 다리 쪽을 눌러 잡고 머리 쪽으로 껍데기를 벗긴다. 옹이 진 마음 누더기도 단단히 끄러 잡고 탁 당기면 홀러덩 뒷모습을 보이며 벗겨진다. 누렇게 붙은 두둑한 기름 덩이들이 제거되자 매끄럽고 탄탄한 살이 드러난다.

마음도 누덕누덕한 딱지들을 뜯어내니 가벼워지고 푸르스름한 빛이 난다. 내장도 다 꺼낸다. 찬물을 흘려보내며 씻는다. 연이은 하나 하나 과정에 엄지와 검지 두 손가락만 사용한다. 느리고 서툴다. 작아진 닭의 몸체와 내장이 빠져나간 배를 끄덕이며 본다. 물이 넘칠 듯이 끓어 부글거린다. 생마늘 한 줌과 당귀 한 뿌리를 넣는다. 닭은 담담한 닥종이 빛으로 변하고 구수한 냄새가 뚜껑을 들썩거린다. 닭은 불투명하게 익어가고 마음은 투명해진다. 몸과 마음이 한데 끓어오른다. 아팠던 머리와 구겨진 감정 찌꺼기도 물컹물컹 형태를 잃는다. 마음 빨래하는 시간이 줄어들었으면 하는 바람으로 삼계탕을 식탁에 올린다.

* 「영감아 곶감아」: 일상의 흥얼거림에 알맞은 아낙네들의 소리로 큰 의미는 없이 반복되는 소리와 내용을 즐겼던 것으로 보인다. 「영감아 곶감아」는 영감에게 개떡을 먹으라고 권하며, 앞집 사는 동서에게는 점심을 먹자고 권하는 내용이다.

"영감아 곶감아 개떡 묵게 / 영감님 콧궁게 찬 짐 나고 / 개떡아 솥에는 껌은 짐 난다 / 앞집에 동새야 점심 묵게 / 울타레 콩밥에 칼치국에 / 뒷집도 동새도 점심 묵게"

나는 과연 어떤 문일까?

마음 같아서는 투명한 유리로 된 자동문이었으면 싶다가도 내가 어떤 인간인지를 아는 이상, 안에서만 보이는 그런 문이었으면 하고 바랄 때도 있다. 그러나 꼭 한 가지 바람이 있다면, 필요할 때면 언제든지 열릴 수 있는 그런 문이었으면 하는 것이다. 문은 열리지 않으면 소용이 없다.

열리지 않는 '닫힌'문은 '굳은'문이며, 굳어버린 문은 이미 문으로서의 역할을 상실한 '죽은 문'이기 때문이다.

_OSTIUM Vol.1, 『문의 진화』에서

사이의 시간

　할아버지의 방문이 닫혀 있는 시간이 늘어났다. 식사 횟수가 줄었고 근육이 빠져나가 몸무게는 뼈 무게와 엇비슷하게 되어 가는 듯 보였다. 베란다에 널어놓은 무같이 하루하루 수분이 빠져 작아지고 딱딱해져 갔다. 투명하고 하얗던 무 조각들이 노르스름하게 응축되고 있는 것처럼. 할아버지의 닫힌 시간이 내겐 지금껏 유한한 삶을 응축하는 방식으로 보였다. 일상의 것들이 최소한의 상태로 유지되고 있었다. 묵언 수행하는 노승처럼 입을 여시는 일이 드물었고 소화가 안 된다며 한 끼 식사로 드시던 흰죽마저 물리셨다.

　삶의 뿌리가 있는 여기 이곳에서, 다음 생의 저곳으로 건너가기 위한 사이, 사이의 시간이 수묵화처럼 담담하게 점점 농도를 떨어뜨리며 희미해지고 있었다. 닫힌 방, 하루의 시간을 채우는 것은

TV 소리와 수척해진 등 위로 잠시 쏟아졌다 사라지는 햇살과 바람이었다. 이따금 아침저녁 인사를 드리는 목소리가 고요한 방을 두드렸고 할아버지 단골 이발사가 방문했다. 나는 사나흘에 한 번씩 조심스럽게 면도를 해드렸다. 말씀은 못 하셨지만 그리운 이들 안부 전화에 작은 미소도 종종, 특별한 고통 없이 움직이지 않는 시간이 흘렀다. 시간에 기대어 할아버지는 저곳으로 넘어가실 것이다. 먼 곳을 응시하던 깊어진 눈동자를 남기신 채.

작가 김훈은 "한 생애를 늙히는 일은 쉽지 않다."라고 말했다. 자신의 생애를 늙히는 일, 그것은 '나'라는 주체가 자신의 한 생을 오롯이 만들어 간다는 의미가 아닐까. 어머니의 몸을 열고 태어난 순간부터 한 생애는 흔들리며 시간과 더불어 늙어간다. 늙어간다는 것은 익어간다는 것이다. 오래된 시간에는 깊이가 있다. 그 시간을 웅숭깊이 간직하고 있는 사람을 노인(勞人 : 오랜 시간 힘써 노력하여 맺힌 사람)이라 우러르고 싶다.

방문을 열어본다. 잠들어 계시는 할아버지의 무심한 얼굴을 바라본다. 세월의 흔적도 어둠에 지워졌다. 할아버지의 얼굴에 할머니가, 엄마와 이모, 내가 있다. 사람의 마음에도 분명 문이 있을 것이다. 제각각 다른 모양과 크기로 열리고 닫히는, 보이지 않으나 보고 싶은 마음의 문이 있을 것이다. 당신에게 닿고 싶은, 당신의 언어를 이해하려는, 당신의 노래를 듣고자 했던 우리는 적당히 오래 함께 하였다.

음력 정월 두 번째 일요일 초저녁, 할아버지는 주무시는 참에 꿈속에서 할머니 곁으로 건너가셨다. 나는 집으로 가는 차 안에서 깜빡 졸았는데 손을 흔드시는 할아버지를 보았다. 삼십 분 전에 할아버지 침대 옆에 앉아 굿나잇 인사를 드렸다는 게 믿어지지 않았지만 행복한 작별이었다.

우리가 참으로 용감한 인간이라면 그 무섭게도 솔직한 소동에 대해 우리가 마음속으로 희미하게나마 맞장구치는 흔적이 있다든가, 우리가 태초의 밤에서 너무 멀리 떨어져 살고 있기는 하지만 그 소동 속에 들어 있는 의미를 이해할 수는 있지 않을까 하는 희미한 생각이 든다는 점을 인정하지 않을 수 없을 것이네. 그걸 인정하지 않아야 할 이유는 없어. 인간의 마음은 무슨 생각이든 할 수 있는 법이야. 왜냐하면 모든 미래는 말할 것도 없고 모든 과거까지 그 속에 모조리 들어있기 때문이야. 도대체 무엇이 있었을까. 누가 말할 수 있으랴. 진실은 시간이라는 옷을 벗어버린 진실이지. 바보야 입을 벌리고 몸을 떨고 있겠지만, 용감한 인간이라면 진실을 알면서도 눈 하나 깜빡하지 않고 바라볼 수 있을 것이네. 그러나 적어도 강기슭에 살고 있는 그 원주민들에 못지 않게 인간적인 자질을 갖추고 있어야 할 것이다.

_조셉 콘래드, 『암흑의 핵심』에서

장기자랑

우리는 아무도 보내지 못했고 아무것도 그냥 보낼 수 없었다. 인양되지 못한 진실의 안부를 물으며 연극 티켓을 샀다. 극단 〈노란 리본〉의 '장기자랑'. 심장 한가운데로 무거운 기억이 몰려들었다. 제자리걸음이었다. 깊은 숨이 깔린 신발은 이 층 소극장 입구로 오르는 계단에서 멈칫댔다. 조개처럼 입을 꼭 다물고 숨을 참고 삐걱 문을 열었다. 노란 잠수함이 무대에서 조명을 받고 있었다. 빨간 객석이 천천히 채워졌다. 천장에 매달린 스피커는 '너를 보내고'를 반복해서 토해냈지만 아직은 때가 아님을, 그럴 수 없음을 노란 리본은 알고 있었다.

교복을 입은 어른들이 차례차례 나왔다. 바리톤 민준, 댄싱 퀸 수아, 걸 크러쉬 1-7반, 통기타 밴드 하하, 햄릿 3막. 선생님들의 합창 sunrise sunset으로 페이드아웃.

문득 뒤돌아보는 세월호는 노란 잠수함으로 우리 곁에 왔지만 진실이 떠오르지 않는 한 그 슬픔이, 그 눈물이 너무 무거워 지구는 엎드려 울 수밖에 없다. 차마 장기자랑을 웃을 수 없다. 박수를 보낼 수 없다. 무대 뒤에 서 있을 온몸 허물어진 너희 때문에.

Statio는 '머물고 있는 자리'를
뜻하는 라틴어다. 무언가를 새롭게
시작하기에 앞서 기도하고 지나간
시간들을 정리하고 힘을 얻는 고요한
시간이다. 하루, 한 달, 일 년, 큰 획을
긋는 일생의 어떤 거리의 순간.
굳이 이렇게 구분 짓지 않더라도
잠시 잠시 멈추어 Statio한다면
마음은 고요해지고 영혼은 평화로워질 것 같다.

인간이 신을 빵으로서가 아니라 '진짜로 보는' 일이 과연 불가능한지.

열다섯 살짜리 남학생 하나가, 자기는 신을 한 번 보기는 했지만, 어떻게

생겼는지 묘사할 수는 없다고 말했습니다. 신은 그냥 거기에 있었다는

거죠. 미용 견습생인 여학생 하나가 말했습니다.

인간이 신을 볼 수는 없지만, "제가 어린아이 머리를 쓰다듬을 때면

알아요⋯." 그때는 그 아이 안에서 신을 느낄 수 있어요. 그녀는 그렇게

말하고 싶었던 거예요. 이보다 더 잘 말할 수는 없을 것입니다. 다만 다

르게 말할 수 있을 뿐이지요. 사랑할 때, 나는 신을 느껴요.

_루이제 린저, 『사랑했기에 나는 기꺼이 세상을 떠난다』에서

거룩한 빵

"지구에서 예수가 인간의 몸으로 태어났다. 그는 이 지구 전체를 자신으로 가득 채웠다. 그는 우리가 성찬식 때 먹는 큰 빵 그 자체이다. 성찬식은 공동체를 뜻한다. 이 빵덩이는 지구처럼 크다. 같은 빵을 함께 먹는 동안 우리는 하나가 된다. 이 빵 안에, 이 물질 안에 영원한 신의 정신이 표현되어 있다. 신은 그냥 거기에 있었다."라고 루이제 린저는 말한다.

진이 오지 않았다. 노랑 가방을 메고 베레모를 쓰고 나간 다섯 살 막내가 저녁상이 차려지도록 현관문을 차지 않았다. 유치원은 일찌감치 끝났다. 그러니까 오후 세 시쯤. 놀이터에서 모래성을 쌓는 아이들은 없었다. 옆집 아이 방도 비어 있었다. 백합 같은 아이들이 사라졌다. 골목 계단이 희미하다. 가로등 하나가 켜졌다. 길 건너 바둑이가 달린다. 횃불처럼 휴대용 전등을 들고 어단가로 향하는 엄마, 아빠, 할머니, 아저씨, 언니, 오빠.

아이들은 기울어진 지구를 끌어안고 있었다. 멀리서 가느다란 빛줄기가 얼굴을 비추자 지구를 뜯어 먹기 시작했다. 차례차례로. 마지막 포옹을 마친 아이들은 손을 놓고 돌아섰다. 신을 만났다고 했다.

아이들의 실종으로 소란했던 골목이 다시 조용해졌다. 악을 쓰고 울어대던 막내도 잠이 들었다. 엄마 손에 이끌려 나오는 바람에 하느님 얼굴을 보지 못했다며 칭얼거렸다. 그 밖의 말은 일절 하지 않았다. 신은 과연 거기 머물렀을까. 왜 아이들은 그곳에 가게 된 것일까. 다섯 살과 신은 도무지 어울리지 않았다. 그때도 지금도 연결고리를 찾기 어려웠다.

인간과 신의 연결고리는 무엇일까. 자신의 힘으로 감당할 수 없는 고통이 찾아왔을 때 그 애끓는 어둠이 하늘을 올려다보게 하는 것일까. 인간은 나약해질 때 신을 부른다. 몹시 아팠던 아빠는 병실에서 기억을 잃었다. 쉰일곱을 갓 넘긴 이월의 어느 날. 병원 복도에 앉은 열아홉의 나는 생을 나누어 달라며 신에게 매달렸다. 딸 넷 목숨 일 년씩만 떼 주십사, 사 년의 시간을 아빠에게 주십사 기도했다. 그 기간은 턱없이 줄었고 겨우 나흘을 허락받았다. 부산에 내리지도 않던 눈이 펑펑 쏟아지던 이월의 아침, 내 인생에서 아빠는 사라졌다. 신은 과연 거기 머물렀을까.

빨간 사과를 껍질째 갈아 간혹 아침을 대신한다. 과연 사과는 어디에 머물렀을까. 상큼하고 청량한 사과의 기운이 온몸을 깨웠으리라. 화이트 미사보를 쓰고 얇고 둥근 빵 한 조각, 성스러운 신의 몸을 받든다. 음악 수녀님께서 연주하시는 오르간 소리는 하늘에서 내리는 빛 같았다. 기억 속 마지막 미사는 데레사여고 일학년 강당에서였다. '높은 곳에 호산나*'를 불렀다. 한 달에 한두 번 아침 미사 시간이 있었는데 자율 참석이었다. 나는 천주교 신자는 아니었지만 오르간 소리와 '높은 곳에 호산나' 노래에 끌렸을 뿐이다. 신은 그냥 그곳에 있었다. 신의 정신이 강당에 울리고 있었다.

*호산나 : '구하옵나니 이제 구원하옵소서'라는 뜻을 가진 짧은 기도문(히브리어)

나는 어디서 잃어버린 누구의 애인일까?

_전윤호, 「유실물 보관소」에서

우산

나는 내렸고 지하철은 달렸다. 비 그친 오후, 우산이 사라졌음을 알았다. 손에서 놓으면 잃어버리기 일쑤다. 일주일이 지나서야 새 우산을 샀다. 우산을 펼치다 텔레비전에서 보았던 상해 인민공원 우산 군락이 떠올랐다.

'비가 오지 않아, 바람이 불지 않아.' 지독한 구애를 기다리는 개와 고양이처럼 인민공원 우산은 종이를 펄럭인다. 온갖 조건이 나열된 이름표를 달고 결혼 상대를 기다린다. 서류 전형은 기필코 통과하겠다는 입사원서 같다. 당사자는 없고 늙어 보이는 부모가 우산 옆을 지키고 있었다.

인민공원 우산은 인간 전시인 셈인데 저렇게 하여 자신의 반쪽을, 잃어버린 나를 찾을 수 있을까. '결혼은 현실이다. 사랑의 이상만으로는 안 된다.' 긴 선입견이 나풀거리고 있다. 조건을 단

우산은 단절이고 방어다. 외부의 것으로 낮은 것은 걸러내겠다는 예보. 누군가 하나의 우산을 택한다. 그 우산 속으로 용감하게 들어가기를 결심한다. 사랑과 결혼, 아름답던 시간이 우산에 붙어있던 조건표 길이가 짧아지고 낡았다는 이유로 흔들린다면 어떻게 할 것인가를 생각한다.

'그 우산이 없을 때는 함께 비를 맞을 것인가.'

예고 없이 올 소낙비를, 으르렁거릴 볕을, 탱자만 한 우박을, 천지를 뒤덮을 듯한 폭설을, 긴 인생길에서 여러 번 조우할 것이다. 함께 맞을 각오라면, 각오라도 한다면 무사할 것이다.

얼굴 없는 당사자는 이렇게 말할지도 모른다.

'니가 오지 않아도 나는 있었다. 지금도 있고 앞으로도 있을 것이다. 어디서 잃어버린 적당히 섭섭할 때 사라진 유실물이 아니라 온전히 나로 그냥 나로… 그냥 당당함 그대로.'

나는 당사자도 당사자를 안쓰럽게 바라보는 부모도 아니다. 상상 속 리포터가 되어본다면 다음과 같이 말하고 싶다.

"거추장스러운 조건들을 떼고 우산을 접고 있습니다. 온전한 인간을 부르짖는 목소리가 나타났습니다. 당당히 가슴을 펴는 당신이 아름답습니다. 껍데기에 미혹되는 인간이 아닙니다. 가슴 없는 123호 인간이 아닙니다. 지구로 떨어져 길을 잃고 애인을 찾는 사람들은 다른 행성으로 떠나고 있습니다. 자신을 잃은 사람은 길을 잃게 되어있습니다. 애인은 당신의 잃어버린 반쪽이 아닙니다. 인간은 홀로 있어도 온전합니다. 함께 있어도 온전합니다. 온전한 개개인이 마주 보는 겁니다. 인연은 오고 가는 것입니다. 붙잡을 수도 없고 잡히지도 않습니다. 당신은 아름다운 사람입니까? 이 물결 오래갈까요?"

강원도 산골에서 농사짓는 어떤 분이 자신이 살기 위해 스스로 집을 지었다. 이런 일은 얼마든지 있다. 그들이 사는 집과 그들의 삶, 생활은 일치되어 있다. 손수 지었고, 계속 살아왔으며, 앞으로도 그곳에서 살아갈 것이기 때문이다.

사서(買) 들어가 사는(住) 집이 아니다. 이런 산골의 집들은 투박할지 언정 그곳에 사는 사람과의 일치성이 도시의 세련된 집들보다 훨씬 높다. 사람이 산다는 것은 집의 형식과는 별반 관련이 없다.

_김광현, 『건축이 우리에게 가르쳐 주는 것들』에서

그만두는 힘

"집을 살 수 있으면 사세요. 살 수 없으면 사려고 목매지 마세요."

건축가 승효상의 말이다. 더 이상 질문이 필요 없다. 단정한 마침표를 찍듯 시원하다. '잘 잘랐다. 욕심부리지 마. 쳐다보지 마.' 위안과 포기가 동시에 온다. 목을 매니 아프다. 능력 이상의 것을 찾다 보면 지친다. 그것이 물질이라면 더 힘들다. 경제적 능력을 늘리든 욕망의 크기를 줄이든 한 가지는 해야 한다.

살다보면 해야 할 것 투성이다. 갖추어야 할 것도 참으로 많다. 알 수 없는 위하여, 그 형체도 없는 허울, '위하여' 때문이다. 남과의 비교 때문이리라. 명목이 나를 잡아먹게 둘 수는 없지 않는가. 그만 두는 힘. 그것이 필요하다.

나이가 들면 물질의 세계는 거품이 많아진다. 적정선을 넘어선 거품은 넘실넘실 흘러 단단한 땅까지 축축하게 만든다. 거품에 옴팡지게 둘러싸이고 나면 나오기 어렵다. 더 넓고 높은 아파트, 잘 나가는 직장, 아이의 성적, 주름도 기미도 없는 얼굴, 군살 없는 몸매, 우아한 세단 자동차. 소비적이고 비생산적이다.

시간, 돈, 에너지는 한계가 있으니 필요하지도 유익하지도 않는 것은 과감한 포기가 필요하다. 지속하는 힘만큼이나 단순한 삶을 위해 그만두는 힘도 필요하다. 무엇을 그만둘 것인가. 물질에서 자유로워지면 좋겠다. 소유하고 소비하는 생활방식에서 벗어나야 한다.

하이데거가 말했다. 우리는 거주함으로써 존재한다고. 그럼 집을 사고파는 건 자기 존재를 사고파는 걸까. 단순히 집값이 비싸다고 자신의 존재 값이 올라가진 않는다. 터무니없이 비싼 집은 버블이고 자신의 존재도 버블이 되는 거니까.

집값이 존재 값은 아니다. 존재에 값을 매기는 것도 불경스럽지만 경제력을 존재 값과 동일시하는 것도 경계해야 한다. 물질적 버블은 사람과 환경을 병들게 한다. 넘치는 소유욕, 분수에 맞지 않는 탐욕이 버블이다. 천년만년 살 수도 없고 죽어서 가져갈 수도 없다. 줄이고 나누며 살지어다.

어떤 식으로든 삶은 팽창을 원한다. 이것이 진화일까. 진실일까. 나잇값은 뒤로하고 존재 값을 보자. 존재는 사고파는 것이 아니다. 존재가 거주할 집을 목 매서 사는 불편함은 그만두자. 마음의 방식, 생각의 방식을 바꾸어야 할 때다.

우주가 진동하는 곳에서

나는 하프이고, 나는 수금이니

태양으로부터 왔으니, 태양을 향해 가리라

나는 사랑이고, 나는 시이니!

_호세 마르티, 「소박한 시 ⅩⅦ」에서

당신이 시(詩)

사월이 순식간에 지나가고 연두가 환한 오월 둘째 날 시를 만나러 왔어. 당신만의 봄에서 잠깐, 당신만의 시에서 잠깐 걸음을 멈췄어. 그대가 봄을 맘껏 누렸었던가, 그대가 노래처럼 흥얼거리던 시가 있었던가 해서 말이지.

'한순간을 살아도 산맥처럼 당당하게'

이런 문장이 검정으로 프린트된 하얀 면티를 입고 성큼성큼 걸어와 시인이 말했어. 당신이 시라고. 당신이 살아내고 있는 모든 것이 아름답고 치열한 시라고 말이야. '한순간'에서 다시 잠깐 마음이 멈췄어. 우린 너무 먼 곳만 보고 있는 것은 아닐까? 지금 꽃봉오리를 따고 있으면서 또 다른 꽃을 기웃거리는 어리석음에 잡혀 산다면 자신만의 봄은 멀리 있어 오지 못할 것 같아.

시인은 혼자서 동화 『프레드릭』을 마치 라디오 연극처럼 읽었어. 무슨 내용이냐고. 음… 들어봐. 주인공 프레드릭은 달랐어. 겨울을 나기 위해 열심히 곡식을 모으는 어느 쥐들처럼 일을 하지 않아. 그러자 보통의 쥐들은 프레드릭에게 묻지. 뭐하는 거냐고. 프레드릭은 "겨울에 만날 수 없는 것들을 모으고 있는 중이야."라고 대답하고 신경쓰지 않고 자기 일만 해. 겨울이 닥쳐왔고 쥐들은 열심히 모아둔 곡식을 소비했어. 곡식이 바닥이 나자 그들은 힘을 잃고 말았어. 그때 프레드릭을 생각해내지. 그리고 물어봐. 네가 모아둔 것은 어떻게 되었느냐고. 프레드릭은 모아둔 햇살을 나누고 색깔을 꺼내 놓았어. 바위 위에 올라 이야기도 풀어 놓았지. 햇살에 따뜻해졌고 색깔로 물든 주변은 겨울이었지만 환해졌어. 이야기를 들은 그들은 프레드릭을 시인이라고 칭찬하며 이야기는 끝나.

우리는 프레드릭일까, 아니면 겨울을 위해 열심히 일만하는 쥐일까. 프레드릭처럼 달만 보고 살아갈 순 없지만 그렇다고 6펜스만 보고 살아간다면 삶이 너무 메마르지 않을까. 아등바등 허겁지겁의 틈새를 가르는 약간의 기울어짐. 작은 일탈도 중요하지. 한쪽의 무게로 툭 떨어지는 삶이 아니라 양쪽 시소에 현실과 이상이 어느 정도 서로의 무게가 비슷하여 서로 지탱해 줄 수 있다면 좋겠어. 너무 급하게 달리는 중이라면 고삐를 약간만 늦춰 봐.

감추어 두었던 시도 읽고 사계절 하늘 색깔도 모으는 거야. 자전거를 타고 내일을 꿈꿔보는 거지. 모든 것이 살아있음이니까.

흐뭇한 한 가지가 또 있어. 자신과 다르게 사는 프레드릭을 밀쳐내지 않잖아. 프레드릭이 왜 그렇게 하는지를 묻고 곁에서 바라보며 따스한 마음을 건넸어. 작은 시인에게 응원의 박수도 아낌없이 보냈단다.

우리와 다른 사람들의 목소리도 들어줘야 해. 힘든 일은 없는지 물어봐야 하는 거지. 문밖의 사람들도 환대할 수 있다면, 그들의 목소리도 포용하여 연대할 수 있다면, 사회는 아프고 살벌해지진 않을 거야. 나와 다른 그대가 있다는 것, 다른 대지에 발을 딛고 있는 그들이 있다는 것이 기뻐. 다름과 다양성이 꽃을 피워내려면 한 명의 예술가가 탄생하려면 인정과 관심, 격려가 필요할 거야.

우리는 각자 프레드릭처럼 자신만의 이야기를 모으는 중일 거야. 그대는 그대의 자리에서 나는 나의 자리에서 우리는 모두 각자의 첫 번째 삶의 현장에서 시를 쓰고 있다고 생각해. 오늘 당신의 시를 찾아보렴.

말은 충분히 주거니 받거니 했으니,

이제 그만 행동으로 보이게.

자네들이 겉치레 말로 이러쿵저러쿵하는 동안이면

무언가 유익한 일을 할 수도 있어.

기분이 어떻다 정감이 어떻다 말만 자꾸 늘어놓으면 뭐 하나?

망설이고 있는 자에겐 그런 게 결코 나타나지 않는 법일세.

그리고 자네는 시인을 자처했으니,

그 시라는 걸 한번 불러내 보게.

자네도 알다시피 우리가 바라는 건,

독한 술을 한번 음미하고 싶다는 거네.

당장, 그 술을 빚어 주게!

오늘 안 된다면, 내일도 안 되는 거야.

단 하루도 허비하지 말게.

가능성만 보이면 대담하게 결단하고

즉시에 기회를 붙들도록 하게.

일단 그렇게 되면 그걸 놓치지 않으려고

계속 앞으로 나아가게 되는 거네, 저절로.

_괴테, 『파우스트』에서

강철 의지, 그리고 行

"단독자로 살아가라. 아니면 죽어버려라."

니체의 구토를 따라다니며 한없이 허약한 나를 만났다. 회초리가 되어 꼽히는 잠언들은 색색의 연필들로 난무해졌으나 견고한 몸은 문을 열지 않았다. 질긴 습관은 잘리지도 않았다. 곳곳이 가시에 찔려 멍이 들었을 뿐이다. 그건 가시가 아파서가 아니었다. 생각과 분리되는 몸, 실천하지 못함에 대한 질타였다. 아주 오랫동안 생각의 길과 몸의 길은 멀리 떨어져 있었다. 매번 다른 결과를 원하면서도 똑같은 알고리즘을 돌려왔던 어리석음과 나태함. 머리를 던져버리고 싶었다. 삶은 말로 하는 것이 아니다. 몸으로 하는 것이다. 책 수십 권을 마주하고 생각의 과녁을 조금 높힌들 실천하지 않는다면 무슨 소용이랴. 삶과 유리된 이상을 주입하는 일은 금세 사라지는 광고와 같을 터. 마지막 페이지를 뒤덮으며 일어섰다. "할!" 소용돌이의 맴에서 빠져나오라.

자기 삶의 주인 되기. 어디서부터 어떻게 시작해야 하는 것일까. 군중 속 메뚜기가 아니라 당당한 개인으로 서야 한다. 병약한 인간은 반짝이는 것을 보고 강한 인간은 심연을 본다 했던가. 벗겨버리고 싶은 꺼풀을 응시한 채 니체와 산을 오르기 시작했다.

어찌하여 인간은 숭배할 신을, 관습을, 도덕을 만드는 것일까? 결국 약한 인간이 만든 우상이리라. 거대한 자본주의도 한없이 높은 종교 교리도 사회가 요구하는 미덕도 탓하고 싶지 않다. 그 기차에 함께 올라타고 있지 않은가. 다만 절대적이지 않음을 인지하고 반기를 들 수 있는 용기를 갖출 수 있기를 바랄 뿐이다. 생각 없이 매몰되어 껍데기를 쫓다 자신을 잃을지도 모른다. 길들여짐은 멈춤이다. 그 자각으로 객관적인 판단을 내리고 다른 방향을 모색할 수 있을 때 전체가 아닌 자신에게 유의미한 생각을 길어 올릴 수 있다. 흔들리지 않는 철저한 자기 구심점이 필요하다.

과연 우리가 원하는 인생의 의미는 무엇일까. 모두가 목을 매는 행복은 무엇일까. 안정된 직장, 안락한 가정, 적당한 쾌락일까. 명령도 복종도 하지 않고 책임도 없는 민주주의일까. 변화 없이 고난 없이 흘러가는 삶을 말하는 것일까. 세속적 성공에 허덕이며 작은 이익을 좇아 뛰고 뛰는 삶일까. 인생의 의미에 사로잡힐 때 우리는 세계와 인생에 문제가 있다고 생각한다. 자신의 내면을 살피지 않고 운명이 가혹하다고 투덜거린다. 안일한 것에 집착한다. 오늘날 현대인은 조금만 힘들어도 불평을 쏟아내고 아주 작은 불편에도 호들갑을 떤다. 그러나 니체는 인간의 불행은 약한 정신력 때문이라 일갈한다. 그래서 세계가 무의미하고 황량하게 보이고 대지는 작아지고 그 위에 모든 것을 작게 만드는 마지막 인간이 벼룩처럼 돌아다닌다고 꾸짖는다.

의지와 생명력이 충만한 인간은 산을 오를 뿐 산의 험준함을 불평하지 않는다. 겁내지도 않는다. 당당하게 오르고 자신의 강한 힘을 느끼고 증명한다. 자신의 삶을 그저 아름답게 살아낸다. 이처럼 자신과 싸우면서 자신을 극복하며 살아가는 생활방식을 가진 자가 초인이다. 초인은 사랑과 창조와 동경을 추구한다. 세상의 가치가 아니라 스스로 가치를 창조한다. 기존의 길을 거부하고 능동적으로 가치를 추구한다. 현실에서 어려움을 마지막 인간은 고통으로 여기나 초인은 자신의 힘을 증가시킬 수 있는 기회로 여긴다. 행복은 무엇을 획득하고 소유했을 때 찾아오지 않는다. 자신과 투쟁하며 걸어가는 자기 극복 과정이 행복이다.

『노인과 바다』에서 그려지는 청새치와 노인의 팽팽한 대결처럼 인간은 운명과 투쟁한다. 누가 이기느냐 하는 것은 상관없다. 승리나 패배가 있을 수 없다. 오직 끝까지 가야 한다. 중요한 것은 생에의 의지다. 제 인생에 대한 참여이며 투입이다. 있는 힘을 다 바치는 생은 후회를 남기지 않을 것이다. 광기와 창조가 필요하다. 미쳐야 미치는 진실. 미치지 않고서는 미치지 못한다. 바깥의 현상은 내면의 징후다. 내면의 욕망과 충동을 통제할 힘을 가져야 한다. 자유를 갈망하는 힘이 필요하다. 니체는 외부의 것을 내 것으로, 내 몸으로 만들려는 생명의 의지를 권력이라 부른다. 자신을 넘어서려는 강렬한 저항이 나를 넘어 새로운 나를 만나게 한다.

의지가 아무리 커도 실행이 뒤따라야 하는 법이다. 다시 도돌이표를 찍지 않으려면 삶의 현장, 생활인의 자리에서 한 걸음을 미루지 않아야 한다. 무엇보다 지속하는 힘을 견지하여야 한다.

밤이 밀어 올린 아침이 밝았다. 태양은 떠올랐고 세상은 기지개를 켠다. 도마 두드리는 소리가 경쾌한 식사를 만든다. 밤새 굶주렸던 위장을 달랜다. 납작한 시계는 째깍째깍 돈다. 길은 뻗어 있고 버스는 달리고 사람들은 걸어간다. 시장은 활기를 찾고 건물은 올라간다. 세계를 구성하는 수레바퀴가 돈다. 무엇이 가볍고 무엇이 무거운가. 무엇이 순간이고 무엇이 영원인가. 무엇이 반복이고 무엇이 차이인가. 무엇이 작고 무엇이 큰가. 착각이고 편견이다. 이 같은 분별은 시간과 사건을 토막낼 뿐이다. 시간의 궤적 앞뒤로 하나의 존재는 특정 상황에서 비슷한 반경의 진폭으로 움직이고 있을 것이다.

의식을 가진 행동이 반복되는 일상의 진폭을 바꾼다. 자신만의 특별한 의식은 삶의 태도다. 진화되지 못하는 건 몸을 깨우는 지속된 일상의 의식, 루틴이 없기 때문이다. 그 지속은 쉬 꺼지지 않는, 절대 꺼뜨릴 수 없는 불씨, 그것이어야 한다. 할 수 있다는 가능성, 그것에 다가갈 수 있는 단 하나는 자신과 세계에 대한 태도다. 원하는 바를 이뤄내도록 스스로 만든 원칙, 일정한 시간에 반복하는 루틴이 열쇠다. 루틴은 영혼을 깨우는 버튼이다.

미국 무용계의 여왕 트와일라 타프에겐 오십 년 동안 지켜온 그녀만의 루틴이 있다. 새벽 다섯 시 삼십 분 연습실로 향하는 노랑 택시가 매일 집 앞에 대기하고 있었다. 옐로 캡을 여는 순간이 의식의 시작이었다. 위대한 영혼은 오랜 시간 성실과 인내로 태어난다. 강한 내면의 힘, 자신에 대한 확고한 믿음이 루틴을 붙잡아 주는 진정한 근원이 아니었을까. 자신을 기다릴 줄 아는 것이 진정한 인내다.

비범은 평범한 일상의 반복에서 온다. 다시 맞는 새날은 나를 새롭게 구성할 수 있는 기회다. 하루의 햇살로 과실이 여물지 않는다. 열매가 익어간다는 것은 시간과 반복이 주는 특별한 선물이다. 선물을 망치는 것은 조급한 결과를 바라는 탐욕이 앞서기 때문이다. 충분한 시간을 견디지 않고서는 그 무엇도 열매는 없다. 자신을 실험하고 끊임없이 창문을 두드려야 한다. '죽을 만큼 해 봤는가?' 문제는 언제나 절박한 걸음을 끝까지 걷지 않는 데에 있다.

절박한 걸음을 어떻게 유지할 것인가. "후일에 날려는 자는 우선 서는 것과 걷는 것과 달리는 것을 춤추는 것을 배워야 한다. 인간은 애써 날아오르지 않고서는 날 수 없다." 그렇지 않은가.

고뇌하는 머리와 무거운 발은 춤을 만들지 못한다. 춤이라는 몸짓은 감정의 승화가 아닐까. 한바탕 온몸으로 뿜어져 나오는 희로애락은 내면에 있는 것을 휘발시킨다. 우리가 바꿀 수 있는 것은 일어난 사건이 아니라 그 사건을 받아들이는 태도뿐이다. 있는 그대로를 인정함을 넘어 긍정할 수 있다면 춤이나 노래로 풀어낼 수 있다면 한 걸음 넘어갈 수 있다. 견디지 말고 풀어내야 한다.

인간은 예술을 통해서만 자신 밖으로 나오며 타인이 우주를 어떻게 바라보는가를 알 수 있다는 프루스트의 말처럼 자신을 표현하는 것은 한 곡의 노래나 춤, 자신이 좋아하는 책, 한 점의 그림이면 충분하다. 자신만의 세계를 너무나 좋아하는 그것으로 극명하게 나타낼 수 있다. 스스로 창조한 세계에 노래와 춤이 깃들리라.

노래와 춤의 세계를 따라가다 보면 우리가 잃어버린 어린이의 나라와 만난다. 아이의 세상은 늘 새롭고 경이롭다. 모든 사물에 말을 거는 환희와 감동으로 가득 찬 즐거움의 나라다. 명령으로 작동하는 수동적인 일이 아니라 자발적인 놀이다. 아이처럼 마음을 열고 호기심으로 다가갈 수 있다면 절박한 걸음은 구원받으리라. 일상의 반복은 아이의 눈일 때 새로워질 수 있다. 마치 처음인 것처럼.

아이처럼 망각하자. 어른은 너무나 많은 것을 기억하고 있다. 같은 것을 거듭하려 하지 않는다. 더군다나 그것이 부서진 모래성 같은 것이라면 기억은 슬픔이다. 반면 아이는 무수히 다시 시도한다. 아이들은 망각하고 즐거운 놀이에 몰두하여 재창조한다. 망각을 못 한다면 인간은 한없이 불행해질 것이다. 창조는 망각의 기쁨, 놀이의 즐거움에서 탄생한다.

정신을 고양하고 의지를 다지며 오른 산은 운명을 안고 내려온다. 살아가면서 맞닥뜨리는 많은 것들은 던져진 주사위다. 운명처럼 내게 온 것들은 이유가 있으리라. '이쁜 짓 할 때만 운명인가 운명이라 이쁜 거지.' 조건을 붙일 수 없다. 던져진 주사위는 그냥 받아야 한다. 운명은 영원히 내 것이다. 끌어안고 가야 한다.

던져진 주사위는 좋은 패도 나쁜 패도 아니다. 그저 드러난 숫자 그대로이다. 하늘을 보며 '운명'하고 불러본다. 메아리처럼 묵직하게 돌아온다. 땅을 본다. 굳건한 두 발이 받았다. 두 필의 말이 대기하고 있다. 안장을 얹고 달린다. 말이 원하는 방향이 아니라 내가 원하는 방향으로 간다. 인간으로 태어난 것이 최초의 명이다. 명을 받은 인간, 운은 인간이 하는 행동에 따라 달라진다.

상황과 같은 감정은 쉽다. 기쁠 때 웃고 슬플 때 운다. 단순한 복종이다. 하나의 단계를 넘어본다. 깊은 물은 흔들리지 않는다. 파문을 일으키지 않고 흡수한다. 혹 출렁이더라도 중심으로 돌아온다. 좋을 것도 나쁠 것도 없다. 좋은 것의 출발은 나쁜 것이었음을, 나쁜 것의 출발은 좋음이었음을. 하나에 이미 다른 하나가 있다. 단순하지 않다. 한두 가지로 결정될 수 없는 것이 생이다. 파이처럼 무수한 면들을 가진다. 삶의 지층은 깊다. 그래서 다행이다. 아직도 많은 가능성이 있으니까.

모든 것은 뫼비우스의 띠처럼 안이 겉이 되고 겉이 안이 된다. 분리되지 않는다. 끊을 수 없다. 그것이 운명이다. 명을 움직이는 것은 사람, 명의 주인이다. 품 안으로 들어온 것은 기꺼이 안아야 한다. 피한다고 피할 수 있는 것이 아니다. 내 것이라 받아들이는 순간 꽃이 된다. 그 순간순간을 기쁘게 극복하며 넘어갈 때, 가장 행복했던 한 시절이 아니라 매 순간 꽃으로 달음질한다. 깨달음은 이런 것이었다. 순간이 영원을 향하고 있다는 것. 슬픔과 기쁨이 안과 밖을 갈마들며 동행하고 있다는 것이었다. 맞닿아 있다. 어딘 가에 맞닿아 있을 거란 생각이 희망이다. "이 순간을! 이 문, 이 순간에서 긴 영원의 길이 마련되어 있다. 우리 등 뒤에는 하나의 영원이 가로 놓여 있다." 순간이 처음이고 영원이다.

운명은 껍데기를 입은 계란 노른자 같은 것, 매끈한 알이다. 뜨거운 열정이면 무엇이든 가능하다. 충분히 익을 시간이 필요할 뿐이다. 익혀 맛있게 먹고 나누자. 그래야 산다. 운명은 무엇을 먹고 살까. 억세고 질긴 전사의 음식, 용기 있는 행동 아닐까. 부드럽고 순한 양의 음식, 헌신적인 사랑 아닐는지.

생명은 부지런히 움직이고 있다. 비가 그치고 구름도 이동한다. 머무는 것은 썩는다. 고요하고 편안하며 건고한 세계. 태어나려는 자는 한 세계를 깨뜨려야 한다고 했던가. 한 세계를 깨뜨리는 돌멩이를 생각해본다. 그것은 용기, 침묵, 즐거움, 의지, 행동, 확신 그런 것들일 것이다. 무엇보다 행동을 할지어다. 오직 "할 뿐",

천 가지의 생각보다 하나의 행동이 운명의 수레바퀴를 힘차게 돌리리라. 자신의 고유함, 자신의 타고난 모습, 주어진 환경을 절대적으로 긍정하라. 운명을 사랑하라. 말 없는 모든 기쁨이, 운명이 거기에 있다.

안일한 권태와 작은 덕에 분노의 회초리를 드는 철학자. 초월적 천상의 세계가 아니라 이 땅, 이생의 삶을 치열하고 진실하게 노래한 니체. 차라투스트라의 잠언은 자신을 던질 때 이루어진다. 모든 의지로 의욕을 높여야 한다. 강하고 높은 정신이 냉철한 환희를 부른다. 드높은 정신을 가질 때 세상은 다시 아름답게 보일 것이다. 아름다운 시선은 의문스럽고 낯선 것마저 환영한다. 내면을 따라 흐르는 심장 소리에 귀를 기울이게 만든다. 결국 누구도 아닌 나만의 단독성, 나만의 차이를 반복하게 이끈다.

니체의 정신은 춤이자 바람이었다. 흔적도 없이 어디에도 묶이지 않는 춤사위. 살아내고 있는 삶이 그대로 춤인 것을, 예술인 것을. 추한 것과 공포스러운 것, 연민과 악의 심연까지 끌어안는 뜨거운 사랑이었다. 외부에서 만들어진 부정적인 힘을 과감히 떨쳐 버리라는 노래였다. 새로운 노래로 영혼을 소생시키라는 명령, 다른 사람의 운명이 아닌 바로 나의 위대한 운명을 감당해야 하리라. 이제야 비로소 나는 위대한 길을 간다. 깊은 심연에서 빠져

나와 산봉우리를 오른다. 가장 큰 모험이던 것이 마지막 피난처가 되리라는 확신. 생애 한 번쯤은 아무 거리낌 없이 당당하게 필사의 길을 가기를. 삶이 계속되리라는 그러나 언젠가 필멸하리라는 확실한 진실 이 두 가지를 기억한다면 가장 용감한 자가 되리라. 등 뒤에는 벌써 길이 없다. 가장 위험한 곳에 자신을 세우라. 강철 같은 의지가 있는 곳에 아름다움이 있다. 행동하는 곳에 길이 만들어진다. 그 길에서 사랑하고 부서지리라.

"인간은 춤추듯 반짝이는 별을 낳기 위하여 자신 속에 혼돈을 지니지 않으면 안 된다."

차라투스트라는 마지막 말을 남기고 떠났다.

_____ 불멸

　중앙동에 다니던 다섯 해 동안 나는 두 번, 안나 할머니를 만났다. 아주 우연히 목례를 올렸을 뿐 특별한 일은 없었다. 어느 날은 "축하해요." 웃음 띤 목소리를 들려주셨을 뿐. 오랫동안 그러니까 지금도 안나 할머니의 불룩한 검정 배낭에서 노랑 성주 참외와 수미 감자가 와르르 쏟아졌던 초여름의 오후가 쨍쨍히도 생각난다.

　나는 나를 어둡게 오로지 마음을 순하게 할 요량으로 검정 슈트를 입고 검정 양말을 신고 납작한 검정 단화를 신고 검정 우산을 들고 거기까지 ― 언제 가도 낯설고 설움이 떠다니는 검정 집 ― 가장 오래 걸리는 버스를 탔다. 때마침 하늘도 검정 얼굴을 하고 버스 창에 비를 뿌렸다. 오른쪽 맨 뒷자리에 앉은 순순하던 마음은 비를 받아내느라 축축이 젖어 들었다. 접힌 우산 같았던 나는 이마에서부터 흔들리는 물방울이 뜨겁게 데워져 관자놀이 맥박을, 심장을 울리고 있었다.

두 밤을 지내시는 넓고 조용한 방에 안나 할머니는 작은 액자 속으로 들어가 안경을 쓰시고 마지막 인사를 드리는 나를 오래 쳐다보시더니 선뜻 한복 저고리에 감춰진 손을 내미시는 듯하여 나도 모르게 나는 나의 손을 잡고 토닥거렸다.

심장을 식히느라 김이 나는 시락국과 수북한 흰 밥은 물리고 사이다 한 잔을 들이키다 신발을 벗을 때부터 마주친 안나 할아버지 등에 다시 시선이 멈춘다. 안나 할머니가 아마도 평생을 마주했던 큰 등이 산처럼 우뚝, 미동도 없이 당신을 바라보고 있는 줄은 아시겠지.

자꾸만 멀어지는 안나 할머니를 뵙고 오는 길에 이미 모두에게 조금씩은 와 있는 작별을 보았다.

기쁨 발견 연구원인 내 취미는 참으로 풍성하다. '글로 말로 누구를 기쁘게 해줄까?'를 구체적으로 궁리하는 것. 좋은 시나 글귀를 모아 맛을 들이고 만나는 사람에 맞춰 나눠주는 것. 나뭇잎, 꽃잎, 돌멩이, 조가비, 빈 병, 솔방울, 손수건들을 모아 예술성 있게 작은 선물을 만드는 것. 다양한 스티커를 이리저리 구성해 고운 카드를 만드는 것. 아름다운 풍경이나 마음 따뜻한 사람을 잊지 않고 적어두었다가 되새김하는 것. 꽃나무 이름을 찾아 공부하는 것. 식물도감에서 꽃나무 이름을 찾지 못했을 때 물어서라도 알아내는 것. 누군가가 내게 무얼 갖고 싶다고 말하면 잘 기억했다가 어느 순간 깜작 선물로 주는 것. 모두가 기쁨을 찾는 '기쁨이'가 되도록 내 기쁨을 나눠주는 것.

_ 이해인, 『소중한 보물들』에서

작은 비밀

합정역에서 교보문고 쪽으로 이어지는 북 터널을 걸어가다 트릭 아트 사진, DELIGHT SQUARE를 보았다. 환한 햇살이 비치는 숲 속으로 긴 계단이 연결되어있었는데 계단을 넘어가면 기쁨의 정원 이 펼쳐진 광장을 만날 것 같은 착각이 들었다. 광장에는 많은 '기 쁨이'가 속속 도착하고 있으리라.

기쁨은 우리 삶을 마법처럼 환하게 만드는 중요한 감정이다. 아 마도 우주가 가진 가장 아름다운 파동일 것이다. 우주에서 같은 기운은 서로 당길 것이니 마음만 먹으면 기쁨과 공명할 수 있다. 감정은 전염되기 쉽다. 한 사람이 느끼는 기쁨은 주변 사람들에게 도 전달되어 그들 역시 기쁨을 느끼게 할 수 있다. 기쁨을 공유할 때 우리는 서로 더 가까워지고 신뢰와 애정이 깊어진다. 기쁨을 느 끼는 사람은 더 친절하고 적극적이며 타인에게 도움을 주려는 경향이 있다. 이해인 클라우디아 수녀님께서는 언제나 그러하시다.

수녀님은 자신을 '기쁨 발견 연구원'이라 부르신다. '기쁨 발견', 여기에 수녀님만의 비밀이 있다. 발견은 예민한 감지 능력이다. 그 능력으로 슬픔이 아니라 기쁨에 몰두하신다. 찾지 않고 느끼지 못할 뿐 모든 곳에 기쁨 조각이 숨어 있지 않을까. 이름만큼이나 큰 태산목 하얀 꽃송이에서, 지금 커피 한 잔을 같이 하는 사람에게서, 여름이 익어가는 해바라기 얼굴에서도 펼쳐진 책에서도 배경으로 깔리는 첼로 선율에서도 위로와 재미, 아름다움을 발견할 수 있을 것이다.

수녀님의 기쁨 발견은 타인을 향해 간다. 기쁨을 전달할 상대를 찾아 돌멩이, 솔방울, 손수건, 말씀 한 구절 같은 작고 예쁜 기쁨을 나눠주신다. 당신께서 느끼시는 기쁨을 주변 사람들과 나누어 '기쁨이'를 만드신다.

기쁨의 맛은 수녀님 시, 〈기쁨의 맛〉 그대로 바람에 실려 오는 푸른 소나무 향기, 꼭꼭 씹어 더 감칠맛 도는 잣의 향기, 사람 간의 평화로움, 잔잔한 미소 같은 것이리라. 날마다 새롭게 기쁨 초콜릿을 만들어 드시어 평생 배고프지 않을 것이라 노래하시는 수녀님처럼 우리도 기쁨을 발견하고 나누는 것을 생의 소중한 보물로 삼았으면 하는 바람을 가져본다.

열정이 터진다.
자신의 한계를 뛰어넘은
거대한 에너지.
번지는 불꽃은 서로를 포옹하며
하늘로 오른다.
어쩌면 언제나
당신의 열정이 당신을 결정할 것이다.
에머슨의 말처럼
당신은 온종일 당신이 생각하는
그런 사람이 될 것이다.

오늘 가장 빛나는 너에게 주고 싶은 말

초판 1쇄 발행 2024년 08월 15일

지은이 장은연
펴낸이 곽유찬

이 책은 편집 손영희 님, 표지디자인 장상호 님,
본문디자인 곽승겸 님과 함께 진심을 다해 만들었습니다.

펴낸곳 레인북
출판등록 2019년 5월 14일 제 2019-000046호
주소 서울시 서대문구 홍은중앙로3길 9 102-1101호
이메일 lanebook@naver.com
*북클로스 /시여비는 레인북의 브랜드입니다.

인쇄·제본 (주)갑우문화사

ISBN 979-11-93265-50-5 (03810)